Scatti

CW01655275

Originariamente pubblicato in Svezia da Alfabeta Bokförlag

Titolo originale: *Tyst! Du är död!*
Traduzione dallo svedese di Laura Cangemi

I edizione giugno 2012

Elliot è un marchio di Lit Edizioni
Sede operativa: Via Isonzo 34, 00198 Roma

info@elliotedizioni.it
www.elliotedizioni.com

Katarina Mazetti

TACI! SEI MORTO!

Traduzione di Laura Cangemi

elliot

Ogni riferimento a qualsiasi persona, viva o morta, dipendente o ex dipendente di una delle sedi distaccate di Sveriges Radio è qui gentilmente ma fermamente smentito!

L'Autrice

Personaggi

Dipendenti di Sveriges Radio Nordest, sede di Böleå:

Narratori:

Malla Vilhelmsson, praticante fresca di corso di giornalismo. Tiranneggiata, stressata e perseguitata dal caporedattore e dalle norme contrattuali. Aspetto fisico adatto al pedinamento (passa inosservata).

Haqvin Storfjell, enigmatico sciamano del genere fai-da-te. Programmatore musicale. Se ne sta nel suo gabbiotto di vetro. È "bello dentro".

Altri personaggi, in ordine di postazione di lavoro:

Al piano terra:

Carina Sällström, centralinista e segretaria. "Bella fuori", si lascia governare dai propri istinti ma si commuove per il tragico destino degli animaletti maltrattati.

David Mård, detto Deiv, tecnico, convivente di Carina ma non si sa per quanto. Bello, squattrinato, dotato di spirito pratico e d'inventiva.

Maria Malmström, alias MaMa, assistente. Amica di tutti i poveri diavoli. Ricca, di buon cuore e innamoratissima dell'uomo sbagliato (suo marito).

Al primo piano:

Richard Malmström, conduttore del programma mattutino regionale. Sadico per hobby. Fa rabbrividire, ma non solo di disgusto.

Bengt ("Benke") Hedning, caporedattore di P4. Ritiene che le notizie debbano essere date a prescindere dalle conseguenze. Poi cambia idea.

Samuel Broo e Tomas Rask, Sam & Tom. Praticanti. Innamorati. Fanno tutto insieme.

Kerstin ("Che") Vällivaara, ex dea, molleggiata di calibro, forse con un passato da terrorista.

Stig Sollén, per gli amici Prosit. L'alcolista della stazione. È indietro di circa un anno con il lavoro.

Nils Boström, station manager, altrimenti detto Nisse Boss. Aspetto anonimo, ma può riservare sorprese.

In aspettativa, non partecipano all'azione:

Sia Fredholm, conduttrice dei programmi scolastici.

Annika Ståhl, alias Braccinocorto, addetta all'amministrazione.

La sua risata stridula e cattiva echeggiò nella stanza da quattro grandi altoparlanti e riempì l'aria viziata dello studio di trasmissione finché non fu assorbita dal rivestimento insonorizzante delle pareti.

Una volta, due, tre.

E poi, quella caratteristica lunga inspirazione sibilante tra una risata e l'altra. In passato aveva avuto dei problemi di asma. Mi portai le mani alle orecchie e appoggiai la fronte alle ginocchia, stringendo le palpebre fino a vedere lampi bluastri.

«Taciiiii!».

Ma non era possibile chiudere fuori quel rumore: le vibrazioni penetravano nelle ossa.

La risata echeggiò di nuovo: una volta, due, tre.

Mi rizzai a sedere di scatto e gridai finché non mi s'incrinò la voce:

«TACI!

SEI MORTO!

SEI MORTO!

SEI MOOOOORTO!».

E di colpo scese un silenzio assordante.

1. Belle, bestie e altri colleghi

A: jonas.mansson@norrlands.folkblad.se
Da: malla.vilhelm@radionordest.sr.se

Dio, quanto odio le mattine in questo posto.

Metti di esserti davvero alzata quando è suonata la sveglia, *senza* riaddormentarti, *senza* rimanere soffocata dalla tua squallida porzione di müsli modello base e *senza* rovesciarti il caffè sull'unica maglietta pulita, riuscendo a trovare tutti e due i guanti di pelle e anche l'abbonamento dell'autobus e a incamminarti verso la fermata in tempo utile. Ci sono diciotto gradi sotto zero, gli occhiali si appannano all'istante, metti il piede in fallo e inciampi nell'enorme cumulo bianco che lo spalaneve ha appena accatastato davanti al portone di casa tua, e così ti si sfila uno scarpone. Mentre, seduta nella neve, cerchi di rimettertelo, ti rendi conto che probabilmente durante la notte il gatto ci ha lasciato dentro un ricordino e ti tocca decidere se tornare dentro e arrivare in ritardo alla riunione mattutina o allacciarti le stringhe e girare per tutta la giornata con un terribile segreto sotto il piede. Alla fermata, quarantadue persone cercano di infilarsi contemporaneamente sotto la pensilina per ripararsi dal vento artico che sfiora l'intensità della bufera. Quando l'autobus arriva è già pieno e l'autista apre la portiera giusto il tempo per ruggire che ne sta arrivando un altro. Mente.

Oppure ti illudi di riuscire a far partire la tua vecchia Audi che hai tenuto attaccata al riscaldatore motore per tutta la notte. La serratura si è congelata, tiri fuori l'accendino per sciogliere il ghiaccio e le dita gelide lo lasciano cadere nella neve. T'infili in macchina attraverso una portiera posteriore che avevi dimenticato di chiudere mentre i vicini ti salutano ridacchiando attraverso il loro lunotto termico. Ti ci vogliono venti minuti per ricavare con il raschietto uno spioncino nel parabrezza e altri venti per spalare la neve dietro l'auto per riuscire a fare retromarcia, e se contro ogni aspettativa il motore si accende sprofondi immediatamente nel cumulo creato dallo spalaneve davanti al passo carraio, appena superato elegantemente dai vicini a bordo del loro mostruoso turbo a quattro ruote motrici e abitacolo riscaldato. La serratura congelata che hai aperto da dentro si è bloccata, con la conseguenza che la portiera anteriore non si chiude più e si spalanca ogni volta che imbocchi una curva. Il vento artico riempie l'abitacolo e quando entri nello studio di trasmissione hai le sopracciglia orlate di brina.

«È questa l'ora di arrivare?» ti accoglie acido Bengt Hedning. La riunione mattutina è appena finita e tutti si affrettano ad andare al proprio posto. Arrivare in ritardo alla riunione mattutina è un peccato mortale.

Bengt è il caporedattore e ti odia perché sei una praticante fresca di corso di giornalismo, di quelli che deve sciropparsi uno alla volta, anno dopo anno, come se fossero raffreddori da fieno: non mortali, ma insopportabili finché durano. Sbadati e negligenti, non perde occasione per rinfacciare, e nel mio caso purtroppo ha pienamente ragione. I praticanti rallentano i ritmi di lavoro, rovesciano il caffè sul mixer, fanno domande idiote, pensano di essere navigati e per errore cancellano servizi costati ore di lavoro. Bengt non intende sprecare la sua vita in questo modo, dice, e così ti scarica su Maria Malmström, detta MaMa.

E una mamma è esattamente quello che è, pur non avendo figli suoi. Il suo istinto materno di quarantacinquenne viene equamente distribuito, come il sole della grazia, su praticanti arruffati, reporter alcolizzati e/o neodivorziati, produttori con la sindrome del burnout e uno station manager vagamente paranoico. Quanto a lei, nonostante sia quella che ha più esperienza in assoluto svolge una funzione subalterna di assistente. Il fatto di conoscere la professione dai giorni in cui il tecnico accompagnava il reporter per reggergli il microfono in tutte le situazioni va a suo discapito: adesso si ritrova in posizione secondaria rispetto all'altro tecnico, David Mård, "tecnico responsabile" che ha come sottoposta lei e solo lei, visto che i tecnici sono due in tutta la stazione. Ha ventinove anni ed essendo maschio e passabilmente giovane i Grandi Capi danno per scontato che padroneggi alla perfezione la tecnologia digitale. Sul fatto che sia di un'ignoranza abissale quanto agli strumenti che risalgono a qualche tempo addietro ma di tanto in tanto vengono ancora utilizzati, come i nastri a bobina, si soprassiede volentieri: anzi, la si considera un'ulteriore dimostrazione della sua genialità informatica. Peccato che il praticante sveglio si accorga rapidamente che le cose non stanno affatto così. Ma se si fa a David una domanda sul computer e lui non sa che pesci pigliare risponde scortese che non tocca a lui formare i praticanti: mica è nato ieri! E così invece si finisce per andare da MaMa, che risolve subito il problema: le sue piccole dita bianche con le unghie smaltate d'argento volano sulla tastiera come uccellini. Sì, perché al contrario di David, *lei* è davvero un genio dell'informatica, seppure in incognito. Una volta in sala da pranzo stavo per dire qualcosa in proposito, ma lei mi ha zittito perché David non si sentisse sminuito.

A proposito, David si fa chiamare Dave. Deiv. Ormai mi deve almeno dieci pacchetti di sigarette. Fuma come un turco e non se le porta mai. Credo sia a corto di soldi: me l'ha fatto capire Carina, che sta al centralino ed è la sua ragazza. Spesso lo punzecchia perché lui non può nemmeno permettersi di invitarla al cinema, e il tatto non è il suo forte. «Deiv è di nuovo al verde, mi sa che me ne trovo un altro» dice guardandoti con un paio di occhioni azzurri che fanno correre il pensiero a un immenso cielo... vuoto. Allora provo compassione per Deiv e gli offro un'altra sigaretta. «Guarda che ti conviene tenertele, non è neanche granché a letto, quindi non farti venire strane idee» aggiunge lei servizievole. A quel punto arrossiamo sia io che Deiv, scambiandoci un'occhiata infelice.

Per il resto, Carina è quella che normalmente si definisce una persona "sensibile": quando sui tabloid vede qualche articolo sui bambini disabili o sugli animali maltrattati non riesce a trattenersi. «*Ma che cosa tremeeenda!*» sospira. Il bello è che ha un fisico da candidata al concorso di Miss Svezia, con le gambe lunghe e i capelli color grano e il classico naso diritto: non si può fare a meno di immaginarsela con la fascia di traverso sul petto. A me non ha mai fatto un torto, entrando la si trova sempre sorridente ed è pronta a dare una mano anche quando non le si chiede aiuto. Spesso non funziona troppo bene, perché non è molto sveglia, ma ha una volontà di ferro. Immagino che se dovesse fare un puzzle e una tessera non andasse al suo posto la sgriderebbe, la infilerebbe a forza in mezzo alle altre e poi si lamenterebbe che il puzzle era difettato. Sicuramente riuscirebbe anche a farsi restituire i soldi dal negozio: quando agita le ciglia fa sollevare le tende e mi sono accorta che ottiene sempre quello che vuole. Se però uno che cerco di rintracciare da giorni per intervistarlo si fa finalmente vivo e viene intercettato da Carina al centralino, capita che lei lo liquidi senza mezzi termini con un «Ah, poteva anche decidersi prima a chiamare, sa? Adesso Malla è a pranzo!» e gli riagganci sul muso senza neanche prendere nota del numero. Poi me lo racconta tutta allegra e se io non mi mostro riconoscente assume un'espressione da cerbiatta ferita.

Sto rifinendo questa mail da stamattina proprio in attesa che una persona del genere prenda il coraggio a due mani e richiami. Ha delle informazioni che mi servono assolutamente, su un cantiere comunale in nero, una soffiata che scotta da parte di un ascoltatore. Se alzo lo sguardo dal monitor un solo secondo, Bengt Hedning mi considera disoccupata e mi butta per strada per farmi realizzare uno di quei servizi insensati con cui adora riempire i tempi morti. La sua specialità, che noi soldati semplici siamo costretti a mettere in pratica, è indurre la gente a rispondere con l'inganno a domande compromettenti infilandole in una lunga batteria di quesiti. Per esempio: «Lei come si protegge dal freddo? Quest'anno ha avuto un credito d'imposta? Ah no? E il sesso anale l'ha mai provato?». Ci sono persone che rimangono talmente scioccate da rispondere davvero, ma prima o poi naturalmente s'imbestialiscono e se la prendono con chi hanno davanti.

È una mail circostanziata, questo non lo puoi negare: ma me l'hai detto tu che volevi sapere *tutto* del lavoro alla radio perché avrai bisogno di un posto in cui rifugiarti quando al *Norrlands Folkblad* sarai colto dall'ennesima e definitiva crisi di nervi. Scordatelo pure! Qui siamo solo in quattordici e almeno tredici di noi temono di perdere il lavoro o di essere delocalizzati nelle frazioni dell'entroterra a fare i corrispondenti sportivi.

La tua unica amica,
Malla
/invio/

Dal gabbiotto di vetro – I

Qui alla stazione sta succedendo qualcosa. Alla periferia del mio campo visivo qualcosa si muove furtivo, vigile e ritroso, come un animale nel bosco. Non appena punto il mio occhio interiore in quella direzione sparisce o rimane immobile, fondendosi con l'ambiente e mescolandosi al rumore di fondo sempre presente in radio. All'interno di questa cerchia di persone sta accadendo qualcosa che non ho mai percepito prima. Ha a che fare con l'odio e con la morte, e con un terrore e un desiderio prolungati nel tempo. Mi fa impazzire di paura e per la prima volta da quando lavoro qui mi viene voglia di nascondermi, proteggermi dalle occhiate e dai sentimenti cattivi che insudiciano l'aria stessa. Ma come ci si nasconde in una stanza di vetro?

Per la prima volta, quando rivolgo lo sguardo verso i miei col-

leghi, provo insicurezza e mi sento direttamente minacciato. Certo che sono abituato ai bisticci e alle cattiverie, li ho sentiti mordicchiarsi a vicenda, a volte con denti piuttosto affilati, ma non mi sono mai sembrati più pericolosi di una nidiata di volpacchiotti che si azzuffano rotolandosi e cercando di addentare l'orecchio dell'altro. Quello che sta nascendo adesso sotto la superficie è qualcosa di diverso.

Perché sento il raccapricciante stridio del metallo contro l'osso e percepisco odore di sangue...

Devo smetterla, e subito!

E tornare a vedere i miei colleghi come li ho sempre visti, ora che salgono le scale ed entrano, uno dopo l'altro, nella sala da pranzo.

L'altro giorno David mi ha chiamato Padre Fouras, come l'indovino di Prigionieri del forte. Me ne sto seduto quassù dietro la mia parete di vetro e vedo quasi tutto quello che succede, almeno al primo piano.

David è già in sala da pranzo e sta mangiando qualcosa a grandi forchettate, direttamente dalla confezione. È un bravo ragazzo ma quanto a buone maniere a tavola lascia parecchio a desiderare. Ha sempre paura che qualcuno voglia esaminare più da vicino le sue affermazioni e salta disperatamente da un frammento di conoscenza all'altro come se fossero lastroni di ghiaccio.

La sua ragazza, Carina, pare fregarsene sia delle sue pessime maniere a tavola sia della sua scarsa cultura, e anzi a dirla tutta non credo che gliene sia mai fregato granché neanche di lui. Sicuramente l'ha scelto per il suo bell'aspetto: quei caldi colori scuri e la pelle abbronzata rappresentano uno sfondo ideale per far risaltare la sua bellezza nordica da modella.

Ma lei l'ha già lasciato per l'altro, non so se solo nel pensiero o anche di fatto. E quando se ne andrà non si farà scrupoli morali.

Carina non è né buona né cattiva, né sensibile né insensibile, è semplicemente amorale e si lascia guidare da una sola forza motrice: ciò che risponde alle sue esigenze e ai suoi capricci è Giusto e Inevitabile. Quando porterà via il suo nuovo uomo alla moglie le dirà: «Sono innamorata di lui, capisci? Però io e te possiamo *essere amiche lo stesso, nooo?». E non capirà come mai dall'altra parte troverà solo ostilità.*

Per David oggi scelgo "I should have known better with a girl like you". *E per Carina* "I'm just an old-fashioned girl... who wants an old-fashioned millionaire...". *Per Maria, la moglie dell'altro, metterò su* I pesci nel mare *o forse è già ora di* Quante volte mi han tradito in questa vita? *A lui invece non dedico proprio niente, perché non gli concedo neanche una nota. È una persona detestabile.*

Ecco che passa Nils. Mi sorride sempre con affetto, più come farebbe un vecchio amico che un superiore, e questo non ha nulla a che vedere con il fatto che sono l'unico, qui dentro, a conoscere il suo segreto. Sa che io so, ma sa anche che non rivelerò niente. Non crede che qualcun altro della radio sia a conoscenza del suo segreto, ma non passa giorno senza che pensi con terrore a cosa succederebbe se così fosse. (Il raccapricciante tonfo sordo di una lama affilata che scheggia l'osso e sprofonda nella... oh no, oh no, oh...).

Io però non ne sono così sicuro... effettivamente i miei colleghi sono quasi tutti dei gran chiacchieroni, e se uno venisse a saperlo, nel giro di pochissimo sarebbe di dominio pubblico. Ma ho la sensazione che qualcun altro abbia appena cominciato a intuire il punto debole di Nils e abbia fatto tesoro di questa consapevolezza per sfruttarla a fini propri. In questo caso, so chi è.

Magari dovrei prendere un po' in giro Nils e mettere su I'm a lumberjack? *Lui coglierebbe l'allusione, mentre gli altri non ci arrivano: mai che passi loro per la mente di cercare piccoli messaggi personali nella mia scaletta dei brani. E comunque non lo faccio tanto per loro quanto per divertirmi. Il divertimento consiste nell'incrociarli in giro per la radio e sentirli mugolare qualcosa che avevo scelto appositamente per loro preparando la playlist per i vari programmi locali. La scoperta che il nostro inconscio ricorre ai testi delle canzoni per rielaborare o commentare le cose su cui rimuginiamo è stata una vera e propria illuminazione. A Kerstin, fresca di divorzio, sono riuscito a far fischiettare per una giornata intera:* "Don't know why/ there's no sun up in the sky/ stormy weather/ since my man and I ain't together/ keeps raining all the time...".

M'illudo che l'abbia aiutata, che le abbia dato un qualche genere di conforto.

E ieri Sam e Tom giravano per mano canticchiando una ballata di Eva Dahlgren che avevo scelto appositamente per loro. Che carini. Invece per quello scorbutico di Bengt ho messo su un vecchio pezzo di Groucho Marx: Whatever it is, I'm against it, *anche se lui ha la pellaccia dura e considera la musica solo un'interruzione superflua nel flusso delle notizie.*

Io invece penso che la musica sia uno dei pochi canali diretti che esistono tra il nostro superio e il nostro subconscio. È uno spreco non avvalersi di questo percorso privilegiato se si vuole conoscere se stessi. Io ascolto sempre con attenzione quello che mi ritrovo a canticchiare per caso, e per lo più mi scappa un mezzo sorriso: lo spezzone di brano riassume sempre perfettamente quello su cui stavo rimuginando, foss'anche "I want to go home, oh, how I want to go home"...

Però non so proprio cosa mettere su per Malla, questa praticante dinoccolata che porta gli occhiali e inciampa continuamente nei suoi stessi piedi. Non deve avere più di venticinque anni, quali testi può riconoscere? E cosa ne so io della "musica" della sua generazione, che alle mie orecchie suona come se fosse scaturita da un generatore casuale? Un ritorno acustico di frammenti di ritmi messo insieme con qualche macchinario...

Stig sembra sobrio oggi, sale le scale senza problemi. Chissà, forse per questa volta è finita? Sono incerto su come comportarmi con lui: devo mettere su "Bottle of wine, fruit of the vine, when're you gonna let me go sober" *o pezzi del genere servono solo a fargli desiderare di più di attaccarsi alla bottiglia? Forse sarebbe meglio scegliere* Gelido soffia il vento del nord *per scuotere la sua coscienza? Perché lo so che l'alcol gli ha portato via sia la moglie che i figli. No, sarebbe una crudeltà! È fragile, adesso. Sento che si avvicina al limite della sopportazione. Sembra che negli ultimi giorni sia successo qualcosa, solo che non ho avuto ancora il tempo di ve-*

dere cosa. I pensieri di Stig sono impenetrabili: li mette a bagno troppo spesso nel whisky al malto più scadente.

(Lo sente anche lui quel rumore nella testa, il tonfo sordo e bagnato? Vede il sangue che si rapprende diventando appiccicoso...?).

2. Duetto per due piani

Piano terra
A: jonas.mansson@norrlands.folkblad.se
Da: malla.vilhelm@radionordest.sr.se

Dov'ero rimasta? Ah, giusto, MaMa si è appena presa cura di te dopo che Bengt ti ha masticato e risputato. Ti prepara una tazza di caffè e qualche biscottino attingendo alla sua scorta personale, ti allunga un asciugamano con cui pulire gli occhiali – brina sciolta o saliva di caporedattore? – e poi ti si siede accanto e ti racconta a voce sommessa le figuracce che ha fatto nella sua vita professionale, il che è stranamente consolatorio. Restate lì sedute insieme finché l'alcolista della radio Stig Sollén, detto Prosit, entra su gambe malferme puntando alla scala per il piano di sopra. Con MaMa a fianco riesce a fare tutti i gradini tranne l'ultimo, finendo per rovinare nell'archivio musicale. MaMa chiude discreta la porta, visto che lo station manager dovrebbe arrivare da un momento all'altro: si presenta sempre mezz'ora dopo gli altri dipendenti, forse per una questione di principio. (È buffo in questa cosa, Nils Boström: lo sanno tutti che quando gli altri vanno a casa si ferma di notte per portare a termine alla perfezione il suo lavoro, ma è come se volesse dare l'impressione di essere un manager talmente dotato per grazia ricevuta che tutto avviene come di passaggio, senza sforzo. Sarò anche giovane, ma ho imparato a sufficienza per rendermi conto che certe persone proprio non le capisco. Che gusto c'è a essere il gallo del pollaio se poi uno sgobba come un mulo… di nascosto!).

Quando Nisse Boss ci sfila davanti elargendo distaccati cenni di saluto in tutte le direzioni MaMa ha già chiamato un taxi per assicurarsi che Prosit venga riportato a casa. Se qualcuno chiederà di lui, risponderà disinvolta che è in trasferta: è andato a un qualche festival di musica da camera, non si ricorda bene dove. Prosit è redattore della sezione cultura del secondo canale nazionale ed è dell'opinione (ormai un tantino superata) che le persone davvero colte e preparate siano dei bohémien che vanno e vengono come pare a loro. Opinione purtroppo non condivisa dalla redazione musicale centrale di Stoccolma a cui risponde: entro breve Prosit dovrà scegliere tra il sottoporsi a una terapia di disintossicazione e il diventare conduttore delle locali serate danzanti alla cui produzione partecipa anche la stazione radio. Lo sanno tutti che preferirebbe impiccarsi con la cravatta che sporcarsi le mani con la musica delle orchestre danzanti.

Quest'ultima cosa l'ho sentita dire l'altro giorno in sala da pranzo dall'unica persona di questa stazione che mi metta davvero in difficoltà. Sì, lo so che da come scrivo sembra che li detesti tutti eccetto MaMa, ma è solo perché cerco di adattarmi all'andazzo. Parlano così, i miei colleghi, anche se per la maggior parte del tempo sembrano affiatatissimi (tranne quando si sparlano dietro a vicenda in fetide faide personali: non è un caso troppo frequente, ma a volte nel bel mezzo del piacevole trantran quotidiano si sente una zaffata come di gas).

Quello che mi mette in difficoltà è Richard Malmström, il marito di MaMa, conduttore del programma locale mattutino. E pensare che quando me lo sono visto davanti durante il mio primo giro ricognitivo della stazione al braccio di MaMa, sono quasi stata messa K.O. dal suo intrigante aspetto fisico. È un incrocio tra Ernest Hemingway e Sean Connery: alto, muscoloso e con gli occhi neri, folti capelli scuri spruzzati di grigio e barba di qualche giorno, brizzolata. Porta maglioni blu o neri, eleganti ma discreti (lavorati ai ferri da MaMa). Si dice che nel tempo libero scriva libri, e naturalmente viene chiamato Papa. Mi ha staccato dal braccio di MaMa, che si è subito ritirata in buon ordine – in sua presenza sembra sempre rimpicciolirsi – e poi mi ha portato al pascolo per mezza giornata, solleticandomi le orecchie con pettegolezzi scelti su praticamente tutti. Voleva pagarmi il pranzo e si è offerto di fermarsi alla stazione con me la sera per introdurmi ai misteri del montaggio – a questo punto nella mia testa ha cominciato ad accendersi a intermittenza una spia rossa – e alla fine, come per caso, mi ha messo una manona muscolosa sul sedere mentre mi sporgevo sul mixer. Io l'ho spostata, ho declinato l'invito a pranzo e ho infilato la porta con le guance in fiamme. Da allora per lui è come se fossi fatta d'aria, tranne un paio di volte che mi ha lanciato una frecciata en passant. Quando MaMa mi ha visto arrivare, ha fatto un sorrisino e mi ha detto, come se io le avessi chiesto qualcosa: «Sai, Richard ha un occhio di riguardo per le belle ragazze, non è animato da cattive intenzioni...». Cos'è, anche la sua mamma, per caso?

Per il resto, la vittima sacrificale di Richard qui alla stazione è Kerstin Vällivaara, suo contraltare pomeridiano. Richard la chiama Che Guevara, oppure soltanto Che. Mentre mi accompagnava in giro per la stazione mi ha fatto una lunga tirata maligna sul suo passato. Un tempo a lei piaceva un sacco farsi chiamare Che, ma questo accadeva molti anni fa, all'epoca in cui era appena uscita dal corso di giornalismo. Spasimava per la Rivoluzione e voleva mettere il microfono al servizio del Popolo. E insieme a un'accozzaglia di capelluti redattori locali, tutti più o meno innamorati della sua eterea figura bionda, girava per la regione lasciando che la gente dicesse praticamente quello che voleva al microfono della radio. Come prevedibile, era venuto fuori un casino. Due denunce per diffamazione, lotte intestine all'ultimo sangue in più di un comune, una pila di ricorsi alla Commissione di vigilanza sulle trasmissioni radiofoniche. Le pagine delle lettere alla redazione dei quotidiani del posto erano zeppe di attacchi rancorosi alla radio locale e c'era mancato poco che Kerstin fosse licenziata in tronco.

Adesso Richard non perde occasione per tirarle frecciate su

questo suo passato che si colloca circa venticinque anni e altrettanti chili addietro. Attualmente Che è una robusta matrona con i capelli giallo ottone e Richard non si fa scrupoli a ricorrere a colpi bassi. Se per esempio, seduta in sala da pranzo, si azzarda a criticare la società dei consumi, lui lancia un'occhiata eloquente ai suoi cuscinetti di grasso e risponde sghignazzando che a guardarla non dà l'impressione di aver qualcosa contro i consumi. Se lei mette una parola buona in favore di un aumento dei posti negli asili nido, lui ribatte subito che non è il suo campo. Kerstin è fresca di divorzio e non ha figli. Non ce li ha neanche Richard, ma a nessuno verrebbe in mente di tirare delle frecciate a *lui* per questo. «Non ho voluto rovinarmi la linea spingendo in giro passeggini!» dice dandosi una pacchetta compiaciuta sulla pancia a tartaruga. È l'unico di tutta la stazione che sfrutti regolarmente l'abbonamento gratuito alla palestra pagato dal settore prevenzione e salute dell'azienda.

Guarda, Jonas, sono stufa marcia di tutti quanti. Ce n'è una serie, di personaggi, ma in questo momento immagino siano su in sala da pranzo a sbafarsi pizze riscaldate nel microonde (i maschi) e yogurt magri (le femmine). Che facciano pure: io come al solito mi sono dimenticata di comprare qualcosa e quindi arrancherò fino a casa, dal gatto. Un centimetro dopo l'altro nella bufera, con la mano stretta sulla maniglia interna della portiera dell'Audi. E una volta a casa cercherò di bonificare lo scarpone... ma non credo che ti interessino i dettagli.

La tua fedele amica di email
Malla
/invio/

Dal gabbiotto di vetro, al piano superiore

No! No! No! Devo darmi una calmata. Devo esaminarli, analizzarli, intercettare i loro pensieri come faccio di solito.

Comincio dal più facile. David. La sua mente la leggo come se fosse trasparente. Ecco, mi sintonizzo su di lui, vedo la sua faccia infelice... accendo l'antenna...

CAZZO SE ERA UNTO QUEL POLPETTONE... STASERA MI TOCCHERÀ FARE UNA LEZIONE DI SPINNING IN PIÙ... CHISSÀ COSA DIREBBE CARINA SE MI VENISSE UN ROTOLO DI CICCIA INTORNO ALLA VITA... NON LA VEDREI PIÙ NEANCHE CON IL BINOCOLO... TANTO, TRA UN PO' SARÀ COSÌ COMUNQUE... ME LO SENTO... CHISSÀ COSA CI TROVA POI IN QUELLO STRONZO... POTREBBE ESSERE SUO PADRE... ANZI, MAGARI LO È ANCHE, QUEL PUTTANIERE... UNA SERA DI QUESTE LEI ENTRERÀ SEMPLICEMENTE IN CASA E MI DIRÀ DI CARICARE IL MIO FURGONE E PORTARE LA SUA ROBA A UN NUOVO INDIRIZZO... E IO LO FARÒ ANCHE, PERCHÉ FACCIO TUTTO QUELLO CHE VUOLE LEI... ESISTE UN MODO, UN SOLO CAZZUTO MODO DI IMPEDIRE CHE QUESTO AVVENGA?

Povero David. La sua Carina è più ostica, è troppo diversa da me come persona, ma mi capita di cogliere al volo qualche sprazzo di riflessione che si lascia scappare. Non è una pensatrice particolarmente acuta:

BASTA CON TUTTI QUEI MAGLIONI... DEVE INDOSSARE CAPI IN PELLE, SUGLI UOMINI DELLA SUA ETÀ FANNO UN FIGURONE... MAGARI UN VIAGGETTO IN ITALIA QUEST'ESTATE, AL MOMENTO È LA META MIGLIORE E POI LÀ NON CI FANNO TROPPO CASO ALLA DIFFERENZA DI ETÀ... SEAN CONNERY NEL RUOLO DI MONACO, L'HO VISTO... IN ITALIA, MI PARE... SARÀ UN SOLLIEVO NON DOVER STAR SEMPRE LÌ A GUARDARE QUANTO COSTANO LE COSE, SONO COSÌ STUFA DI DAVE... È AMORE... MA DIO LO SCAMPI SE PROVA A SCARICARMI, SI DÀ UN PO' TROPPO DA FARE, CREDO CHE ABBIA ADDIRITTURA ALLUNGATO LE MANI CON QUELLA PRATICANTE OSSUTA CHE È VENUTA A LAVORARE QUI... MALLA...

Ah, quindi ormai è questione di giorni. Questa cosa non mi piace: romperà il precario equilibrio tra i miei cari colleghi.

Nils lo ascolto poco: avrei l'impressione di essere troppo invadente. Ha i suoi segreti e ne è talmente infelice che gli bastano e avanzano. A volte però ho bisogno di sapere da che parte stiamo andando, nelle faccende che ci riguardano tutti. In questi casi mi fermo fino a tardi e parlo con lui qualche minuto aggirandomi un po' nelle sue circonvoluzioni mentali, ma solo dal punto di vista professionale. Non credo di fargli un torto, in questo modo.

Bengt Hedning non rappresenta un problema, ma è poco interessante. È raro che i suoi sproloqui rabbiosi contengano qualcosa che voglio sapere, ma certo è un essere umano anche lui. E un attimo fa è entrato con Sam e Tom al seguito, tipo due dobermann al guinzaglio:

...PRIMI CON QUELLA STORIA. *DAGBLADET* AVEVA MESSO LA NOTIZIA DELL'OMICIDIO VENERDÌ MA SENZA PARLARE DELLA CHIAVE A CROCE CHE È STATA USATA. CAZZO CHE FATICA RENDERE INTERESSANTI GLI OMICIDI, QUASI SEMPRE SONO SOLO UOMINI CHE FANNO FUORI LE LORO MOGLI ROMPICOGLIONI E NEANCHE CON TROPPA FANTASIA. OPPURE CI SCAPPA IL MORTO NELLE RISSE TRA UBRIACHI IN CODA DAVANTI AI LOCALI. SONO VENT'ANNI CHE FACCIO IL GIORNALISTA E MAI UNA VOLTA CHE MI SIA IMBATTUTO IN UN ENIGMA DELLA CAMERA CHIUSA O NEL CLASSICO INSOSPETTABILE. DI OGGETTI CONTUNDENTI INVECE C'È SEMPRE ABBONDANZA: LA GENTE PRENDE QUELLO CHE HA A PORTATA DI MANO, AFFILATO, SMUSSATO, BOTTIGLIA, COLTELLO, SASSO... E SFERRA UN FENDENTE... MI PIACEREBBE DEDICARE UN PO' DI SPAZIO A UN OMICIDIO DAVVERO INTERESSANTE, CON QUALCHE PARTICOLARE INSPIEGABILE E MAGARI UN CHE DI OSÉ, E IN CUI NON SIA AFFATTO SCONTATO CHE IL COLPEVOLE SIA IL SOLITO MARITO...

Guarda guarda, un ragionamento inusuale da parte di Bengt. Possibile che anche lui abbia captato il guizzo di lame nell'aria qui alla radio?

Sam e Tom si palleggiano soltanto scambi amorosi e oggi proprio non me la sento di sciropparmeli. Ed ecco là Maria, povera donna: ormai è a un passo dalla catastrofe e non credo ne abbia la più pallida idea. Ma la lascio tranquilla a dedicarsi alle sue piccole opere di bene qui alla stazione: sostenere e incoraggiare e appianare e addolcire e mettersi in mezzo per fare da scudo. Maria tiene a distanza i miei sguardi indagatori, si arma di uno schermo che per me è impenetrabile. Non so come mai sia sempre stata più riservata nei miei confronti di quanto non lo siano gli altri: ho come l'impressione di scatenare in lei una specie di reazione allergica. Se mi vede sorride ma va dalla parte opposta.

Kerstin è quella di cui riesco a percepire meglio i pensieri: è come un libro per lettori principianti, con tante illustrazioni. Perché io e lei ci somigliamo. Io sono lei e lei è me. Eccola che arriva. E ha un'aria così triste, povera Kerstin. "Il tuo pianto è il mio quando piangi"...

È COME UN DOLORE CHE NON CESSA MAI. RIMPIANGO LA RAGAZZA CHE ERO, CHE SONO ANCORA DENTRO MA NON RITROVO PIÙ NELLO SPECCHIO. NON ESISTE PIÙ, È IRREVOCABILE, COME SE FOSSE MORTA. LO CAPISCONO TUTTI CHE SI DEVE POTER PIANGERE LA SCOMPARSA DI UNA PERSONA CHE TI ERA CARA E CHE NON TORNERÀ PIÙ, MA COME SI FA SE QUESTA PERSONA SEI TU STESSA...? È COME SE LA VITA AVESSE UN "APERTA PARENTESI" E UN "CHIUSA PARENTESI", E QUELLO CHE C'È IN MEZZO FOSSE TALMENTE CORTO DA RISULTARE ILLEGGIBILE. VENT'ANNI FA ERI BIANCANEVE. TRA VENTI SARAI LA STREGA. E NON HAI LA PIÙ PALLIDA IDEA DI CHI SEI ADESSO.

Cara, cara Kerstin. Eri così bella. Ti rendi conto di quanto sei pericolosa nella tua vulnerabilità, adesso? Del fatto che chi ti ferisce troppo in profondità, in questo momento, rischia di attirarsi addosso la delusione di una vita intera?

Del fatto che un giorno restituirai il colpo, alla cieca, per uccidere. (Di chi è la mano che si chiude sul manico, le nocche che s'imbiancano, di chi è la mano, di chi...?).

3. Pazzi da legare ed effluvi venefici

A: jonas.mansson@norrlands.folkblad.se
Da: malla.vilhelm@radionordest.sr.se

Jonas, zuccherino mio! In questo posto c'è uno proprio fuori di testa. Gli altri sembrano adorarlo, ma a me fa venire i brividi. Si chiama Haqvin (!) Storfjell ed è mezzo lappone o qualcosa del genere. Non so assolutamente cosa significhi e nemmeno se sia politically correct dire così (mi sa che bisogna dire semi-same... però suona come un prodotto in poliestere).

Sa leggere nel pensiero. Te lo dice tranquillo, come di sfuggita. E ti guarda con aria benevola.

Tra l'altro ha una postazione di lavoro stranissima. Per farti capire devo descriverti un po' l'edificio.

Radio Nordest è ospitata in una grande casa settecentesca fatta costruire da un mercante dell'epoca, in pieno centro, decisamente troppo piccola per la nostra attività. L'anno prossimo verrà avviato un cantiere per la realizzazione di una nuova sede, ma al momento la struttura è questa: un caseggiato in legno grigio-verde, su due piani, con gli spigoli e le cornici verde erba. Tetto di tegole, a mansarda, pesante portone scuro sormontato da una fila di finestrine e un brutto portichetto aggiunto in una fase successiva, come uno zaino che sporge in maniera del tutto stonata. Fino a un paio d'anni fa nelle stanze al piano superiore c'erano le stufe di maiolica, ma le hanno tolte di mezzo quando sono stati installati i computer d'ultima generazione in ogni postazione di lavoro.

Al piano terra ci sono gli studi e le sale di regia, riconvertiti tante di quelle volte che ormai sembra di essere in una casa di Lego. La radiofonia sta attraversando una violenta turbolenza tecnologica: un giorno sei circondata da registratori Nagra e mixer grandi come piste da hockey e quello successivo ti ritrovi tutto in una scatolina computerizzata. E questo contribuisce a ribaltare i punti fermi, per esempio nei rapporti tra le generazioni: i più anziani sono quelli che sanno meno e i più giovani non capiscono niente perché a scuola avevano solo l'ultimo modello di tutto.

A Radio Nordest abbiamo attualmente – annotazione di oggi – una specie di sgabuzzino, lo studio uno, altrimenti detto Loculo, che per lo più viene usato per la trasmissione del notiziario. Una sala di regia, R2 (chiamata Budello), che prima faceva parte dello studio più grande ma è diventata una specie di appendice da quando nell'altro studio, il due, è stato messo un tavolo di regia indipendente. Nel due succede quasi tutto quello che si trasmette sul nostro canale: lì i conduttori di P4 realizzano i loro programmi, ricevono gli ospiti, mettono su i pezzi musicali e così via. In pratica il Budello è diventato il posto in cui si piazzano le chiappe se si vuole avere sotto controllo quello che fanno gli altri e nello stesso tempo editare un po' di testi, oppure se si vuole dar mostra della propria diligenza. In realtà spesso me ne sto seduta lì a scrivere a te, ma naturalmente gli altri danno per scontato che stia lavorando. Ci sono vetrate da entrambe le parti e quindi si vede quello che succede nei due studi e si viene visti. Si può anche ascoltare l'audio, e come immaginerai questo finisce per farti fare un bel po' di risate, in particolare quando ti capita di sentire cose che non erano destinate a orecchie indiscrete. In passato tra il Budello e lo studio due c'era una porta, ma è stata sigillata dopo che Richard ha avuto una crisi di nervi intorno al settimo grado della scala Richter perché diverse persone erano entrate tranquillamente nello studio mentre era in onda, cosa che dalla porta che dà sull'ingresso non si fa mai, perché lì si accende la scritta rossa IN TRASMISSIONE, che è sacra.

Appena entrati dall'ingresso principale ci si trova davanti un banco dietro il quale c'è Carina in posa languida. Il resto è un atrio con divani, toilette, appendiabiti e schedari. I due tecnici, MaMa e Deiv, hanno due minuscole postazioni lungo una parete. La superficie è talmente ingombra che quando attraversiamo l'atrio ci tocca camminare di traverso come ballerini di tango.

Fino a qui, più o meno è come in tanti altri luoghi di lavoro.

Al secondo piano ci contendiamo lo spazio in undici. Il capo, Nisse Boss, naturalmente ha un ufficio suo, con una scrivania che è sempre sgombra in maniera alquanto sospetta e un tavolo a parte per le "riunioni". In genere ci mette sopra il cappotto: mancano anche gli attaccapanni. L'addetta all'amministrazione e la conduttrice dei programmi scolastici, perennemente in aspettativa, dividono un locale in cui sono stati ficcati a forza tutti gli schedari avanzati dalle altre stanze nel corso delle innumerevoli riorganizzazioni. La questione di dove devono stare gli schedari dell'archivio viene dibattuta a *ogni* riunione settimanale... Prosit e Che dividono uno sgabuzzino. Nella sala più grande del primo piano siamo in cinque, e lavoriamo tutti sulle produzioni locali: Richard, conduttore del programma mattutino, il caporedattore Benke, e poi Sam, Tom e io. Dovrebbe stare qui anche Che, visto che conduce i pomeriggi di P4, ma la sua presenza è incompatibile con quella di Richard: l'aria della stanza si satura di effluvi venefici, come nel cratere dell'Etna.

Sempre su questo piano c'è Haqvin Storfjell, in una stanza con le pareti di vetro proprio all'imbocco della scala. Se vuole può registrare tutti gli spostamenti tra i piani. Tra l'altro è anche un po' strabico, e quindi guardando in direzione della scala può tenere d'occhio pure la sala da pranzo...

Haqvin è il programmatore musicale che sceglie i pezzi per tutti i programmi locali, e come tale è leggendario. Nessuno capisce come faccia, ma in qualche modo riesce sempre a cogliere e rispecchiare le atmosfere, abbinare la musica giusta agli ospiti giusti e ai dj giusti, tranquillizzare noi e gli ascoltatori nei momenti tempestosi e darci la sveglia quando cadiamo in letargo.

Non lo nego. Non è per questo che mi mette in difficoltà.

Secondo me è pazzo da legare. Ha gli occhi grandi come due fanali dietro una montatura in corno con le lenti da presbite, porta vecchi abiti in gabardine, uno grigio e uno marrone, e ha sempre le scarpe ben lucidate in un clima nel quale tutti gli altri si accontentano di non congelarsi le dita dei piedi andando a lavorare.

Il primo giorno, mentre facevo la visita guidata della stazione, è venuto da me e mi ha detto: «Haqvin Storfjell. Sono in grado di leggerti nel pensiero, ma non devi temere che faccia cattivo uso di quello che so». Dopodiché ha girato sui tacchi e se n'è andato, e a me è venuto di colpo un mal di testa lancinante. La cosa ridicola è che avevo la netta impressione che le due cose fossero collegate. Come se mi avesse installato un microfono nella testa per origliare i miei pensieri.

Ma non sono così scema da non capire il suo bluff. Una volta in sala da pranzo gli ho chiesto a cosa stessero pensando gli altri. Lui ha sorriso imperscrutabile e i suoi occhi a fanale mi hanno inchiodato come fendinebbia: «Non credo che vorresti che i tuoi pensieri venissero messi in piazza, no? Immagino che preferisca decidere da sola cosa vuoi dire».

«Ma dai, Haqvin!» ho ribattuto. «Non fare il codardo! Ti metto a disposizione i miei pensieri, serviti pure! A cosa sto pensando?».

Gli altri hanno smesso di parlare e si sono messi a seguire attenti il nostro duello, anche se sentivo che stavano più dalla parte di Haqvin che dalla mia. (Perché? Perché lo ammirano tanto, persino Hedning che ha l'orecchio musicale di un divano Ikea?).

Haqvin ha riflettuto a lungo e poi ha detto, calmissimo: «Stai pensando che non ho tutte le rotelle a posto. Che non sono normale!».

Non che ci volesse molto, a dirla tutta: penso di aver mostrato in diversi modi che non me la dà a bere. Stavo giusto per dirlo quando mi sono accorta con orrore che ero diventata tutta rossa in faccia, come se avessi appena ficcato la testa in un secchio pieno di acqua calda. Gli altri si sono messi a ridere.

Bah, Malla ne ha fatte tante di figuracce, in vita sua... questa però era la prima nella quinta dimensione.

«Normali sciono sciolo quelli sciu cui ancora non sci è indagato a sciufficienza!» ha pontificato Stig, per una volta alticcio solo quel tanto che bastava per avere le "s" alterate. L'attenzione degli altri si è puntata su di lui e Stig si è lanciato in una delle sue conferenze postprandiali che risvegliano sempre grande interesse e molte risate: l'atmosfera diventa un po' da bar e le battute fendono l'aria.

Haqvin non mi staccava gli occhi di dosso. Alla fine ha detto: «Non essere triste, piccola. Non hai niente di cui vergognarti. Sei animata dalle migliori intenzioni».

Sono arrossita di nuovo come una cretina. MaMa gli ha rivolto un'occhiata irritata. Sembra l'unica che non gli si prostra davanti ai piedi a elemosinare musica e perle di saggezza. Mi ha addirittura circondato le spalle con un braccio: un gesto per nulla condiscendente, solo consolante.

«Se davvero hai questo dono, Haqvin, usalo per un fine più degno che vessare i praticanti! Bisogna tenerseli stretti! Le sedi periferiche non starebbero in piedi se non ci fosse un po' di gente che lavora per qualche briciola, oltretutto pagata da qualcun altro, e che dopo essere stata spremuta a dovere può essere buttata fuori al gelo senza neanche violare le norme contrattuali!».

Mi ha sorriso. Haqvin si è alzato, ci ha rivolto un accenno d'inchino e si è dileguato nel suo gabbiotto di vetro su suole felpate. A volte trovo che, con quegli occhi scuri ed enigmatici come la notte araba, somigli all'impenetrabile signor Omar dei libri su Ture Sventon.

Dopo neanche un minuto dal suo stanzino è filtrata una voce blues roca ma calda. Un uomo cantava: «*So sorry, baby, never meant no harm*...».

Mi sono accorta che stavo sorridendo. Era come se Haqvin mi stesse chiedendo scusa.

Ma il sorriso si è cancellato di colpo un attimo dopo, quando è uscito furtivo dal gabbiotto e all'improvviso mi è sembrato che sul viso gli si fossero disegnate dense ombre scure che prima non c'erano. Senza dire niente ha cominciato a prendere le mani degli altri, una a una, girandole con il palmo verso l'alto per esaminarle come se cercasse una macchia, la prova che qualcuno avesse ficcato le dita in un misterioso barattolo di marmellata che esisteva solo nella sua fantasia. Loro non hanno opposto resistenza, solo Carina è sbottata in tono lamentoso: «Uffa, cosa ti sei messo in testa adesso, Haqvin? Lo sai che non mi piacciono 'ste cose, dai...».

Non capisco perché lo lascino fare, lo sopportino. Non li spaventa? Se continua così mi rivolgo al referente per la sicurezza sul lavoro: qui è in gioco la mia sanità mentale, oppure la sua!

/invio/

4. Brividi, e non solo di disgusto...

A: jonas.mansson@norrlands.folkblad.se
Da: malla.vilhelm@radionordest.sr.se

Ciao, mio fedele socio!

Sì, hai assolutamente ragione. È grandioso che possiamo starcene al lavoro e mandarci tutte le mail che vogliamo senza che i colleghi ci guardino storto, perché pensano che lavoriamo assiduamente. Ma azzardati a sollevare una cornetta e parlare con un amico un paio di minuti e vedrai che la redazione intera ti salta addosso dicendo che quelle sono cose che si fanno nel tempo libero! Qui nella vecchia sede ormai troppo stretta di Radio Nordest praticamente siamo uno sulle spalle dell'altro, e quindi non potremmo evitare di ascoltare le telefonate dei colleghi neanche se lo volessimo. A dire il vero sono arcistufa del tubare di Sam e Tom da un lato all'altro della scrivania che dividono. Sembrano due colombi domenicali con un intero sacchetto di semi da spartirsi, tutto il tempo!!! Sono cose da far perdere la testa a una povera single come me.

Sono appena uscita dalla riunione settimanale in sala da pranzo, circostanza non particolarmente gradevole: una manciata di persone immusonite e assonnate con lo sguardo perso nel vuoto mentre le mascelle ruminano lentamente la sfoglia danese con cui Nisse Boss cerca di attirarci alle riunioni. Non ne può più di venire a chiamarci mille volte nelle sale di regia o di bussare persino alla porta della toilette gridando: «Comincia la riunione!». E deve assolutamente trascinarci lì tutti quanti perché ha frequentato un corso per dirigenti condotto da un consulente in coda di cavallo e maglione a collo alto e ha imparato che la gente dà prestazioni migliori se si sente Coinvolta (notare la sottile formulazione "*si sente*"...). Le riunioni di redazione sono il massimo del Coinvolgimento che riesca a immaginarsi: forse in qualche angolo della sua mente ha un'ingenua visione di incontri vivaci, animati da discussioni creative, valutazioni e autocritiche... Oppure è solo furbo, perché da quando ha cominciato con le riunioni non possiamo più saltar su e dire: «Che decisione ridicola è questa? Mi rifiuto!». In tal caso risponde soltanto: «Avresti dovuto farlo alla riunione settimanale, quando l'ho presentata e ho chiesto le vostre osservazioni!». E ci si sente piuttosto sciocchi a pigolare: «Sì, ma io non ascoltavo troppo attentamente!». Forse Nisse ha scoperto che queste riunioni servono più o meno allo stesso scopo degli avvisi che si mettono in bacheca: è un modo molto efficace per renderli invisibili!

Se mai diventerò capo di qualcosa, diffonderò le informazioni importanti sussurrandole teatralmente a qualcuno che tutti detestano o verso cui sono diffidenti. È in questi casi che si rizzano le orecchie! Forse sarebbe addirittura utile assumere appositamente una persona particolarmente antipatica... Il senso di Coinvolgimento non è così facile da creare all'interno di un'accozzaglia di scaltri giornalisti che sanno benissimo che la sede centrale può strozzare da un momento all'altro il flusso dei finanziamenti e scatenare una lotta all'ultimo sangue per conquistarsi i posti di lavoro superstiti. Voglio dire, sono tutti amaramente consapevoli del fatto che, non appena un numero sufficiente di politici si lascerà convincere che una radio al servizio del pubblico è un residuo della vecchia economia pianificata socialista, il rivolo si esaurirà del tutto. E a quel punto i dipendenti di questa sede distaccata saranno costretti a contendersi i posti nei quotidiani con una serie di giovani affamati usciti dal nuovo corso di giornalismo, oppure ad accontentarsi di fare i redattori part-time del giornalino interno della fabbrica di bibite del posto e cercare di mettere insieme il pranzo con la cena collaborando con qualche rivista.

Così, quando non possiamo prendere a pretesto una trasmissione in diretta o a qualche reportage urgente, ci trasciniamo alle riunioni e sprofondiamo nel torpore mentre il capo snocciola le sue informazioni. Di sfoglia danese non ne avanza mai.

L'unico che si presenti alla riunione completamente sveglio è il conduttore di turno del primo notiziario della giornata, che essendo in diretta dalle sette è ancora su di giri. Stamattina è stata Kerstin Vällivaara a traghettare gli ascoltatori della regione dalle notizie sul Medio Oriente a quelle sulla nuova autostrada, intervallandole con musiche accuratamente selezionate per la fascia d'età compresa tra i trentasette anni e la morte. Ha parlato al telefono, su una linea disturbata, con un ascoltatore di Rusksele-träsk che in una sola lunghissima frase è riuscito a lamentarsi della Società di gestione delle lotterie nazionali, delle frodi all'interno dell'Unione Europea e dei polacchi che vengono in Svezia a raccogliere le bacche. Alla riunione aveva lo sguardo vitreo e le dita che si muovevano come se stesse ancora regolando le manopole del tavolo di regia. Lanciava continuamente occhiate verso l'orologio a parete e persino i suoi vestiti sembravano trasmettere una sorta di tensione nervosa: la gonna di pelle cigolava, gli orecchini tintinnavano e a ogni movimento il foulard variopinto si sollevava come sospinto da un'impercettibile brezza. A metà circa della riunione si è rilassata, ha sbirciato da sotto la frangia giallo ottone e ha preso la terza fetta di sfoglia danese. Sperava che non se ne accorgesse nessuno, ma Richard Malmström (Papa, hai presente?) le ha subito fatto l'occhiolino, gonfiando le guance e dandosi una pacca su un'immaginaria panciona. Ricorderai che ti ho raccontato della loro inimicizia di lunga data, e una volta che ero al centralino Carina mi ha fornito ridacchiando una possibile spiegazione. A sentir lei, quindici anni fa Che e Richard hanno avuto una storia andata a finire male, diventata di dominio pubblico quando, un pomeriggio sul tardi, si erano messi a copulare a luci spente in uno studio di trasmissione chiuso in cui avevano dimenticato di spegnere il microfono. I loro gemiti erano arrivati direttamente nella sala di regia, il Budello, dove si era riunito un numero sempre maggiore di colleghi. Ovviamente Carina non era presente – all'epoca frequentava sì e no le medie – ma sostiene che uno dei perfidi colleghi abbia registrato i gemiti e li abbia proposti a Radio Teatro... La moglie di Richard, MaMa, era l'unica a non aver sentito la cassetta e a essere all'oscuro di tutto. Probabilmente non ne sa niente ancora oggi, ma tanto è lo stesso, perché adesso Kerstin e Richard si odiano. Lui va giù pesante con le sue battute, lei rimane in silenzio e basta. La gonna cigola, gli orecchini tintinnano e ci si ritrova ad aspettare un'eruzione vulcanica che non arriva mai. Pare però che a una festa del personale, una decina d'anni fa, non ci abbia più visto e abbia tentato di colpirlo alla testa con una bottiglia di vino, solo che nell'ingresso le è sfuggita di mano e lei è scivolata sui vetri tagliandosi le ginocchia. Mentre gli altri cercavano di tamponare le ferite con le salviette di carta, Richard rideva così forte che si sentiva l'eco persino nelle sale di regia insonorizzate. Questa me l'ha raccontata lui di persona: evidentemente lo fa con tutti, prima o poi, e se Che è presente sorride rigida, gli occhi in fiamme.

Sai, Jonas, capisco che tu cominci a sospirare, leggendo questo lungo sproloquio su gente che neanche conosci. Ma sei sempre così incantevolmente curioso delle persone... è uno dei tuoi aspetti più intriganti. La ragione principale per cui digito con tanta foga è che se faccio una pausa anche solo di un minuto Benke Hedning viene a prendermi per la collottola e a sbattermi fuori nella Realtà. (Tiene molto alla Realtà, Benke: non fa che ripetere che bisogna Rispecchiarla). Mi orbita dietro la schiena già da un po', con un'espressione che non lascia presagire nulla di buono, chiedendo quanto mi manca per finire questa benedetta recensione per la rubrica sui libri, visto che è di questo che gli ho detto che stavo scrivendo. Mi spedirà a fare un reportage d'atmosfera, tipo in un cantiere edile dove bisogna stare per ore con i piedi nella neve mezza sciolta e le mani blu per il freddo a cercare di captare con il registratore il rumore di argani e gru e betoniere senza produrre fischi assordanti. In passato Benke apparteneva alla schiera degli adoratori prostrati davanti ai giovani piedi radicali di Che, e ancora oggi si attiene corrucciato a un certo impegno, se non nei confronti della ex dea, almeno nei confronti del Popolo.

Io però continuo imperterrita a digitare sulla tastiera per concludere la panoramica della riunione settimanale. Fuori siamo a diciassette sotto zero, non voglio uscire!

Dunque: nell'ampia ombra proiettata da Che erano seduti Sam e Tom, sempre tubanti e stretti l'uno all'altro. Sono usciti freschi freschi dal corso di giornalismo dell'università popolare e sono stati presi in blocco. Non hanno il sistema di circolazione sanguigna unico come i gemelli siamesi, ma l'impressione è che gli impulsi mentali siano in comune. Si completano le frasi a vicenda e hanno la stessa identica opinione su tutto. Abbacchiati, mi hanno confidato sussurrando di essersi appena accorti che durante uno dei loro tentativi di tagliare e montare materiale hanno cancellato per sbaglio, registrandoci sopra qualcos'altro, un lungo servizio sulle tradizionali tecniche locali di tessitura a telaio che doveva essere trasmesso nel pomeriggio di oggi. Uno dei due sarà costretto a riprendere il pullman e andare a parlare con l'esasperante vecchietta che vuole mostrare fino all'ultimo pezzo di tela che ha realizzato dal 1957 in poi. Dopodiché dovranno sorbirsi la lavata di capo di Richard Malmström, con la sua fredda ironia che scivola lungo la spina dorsale come acqua ghiacciata. Hanno già subito lo stillicidio delle sue cattiverie: i pivellini di sesso maschile sono le sue vittime elettive. Anche di sesso femminile, veramente, ma come ti ho già spiegato a quelle riserva un trattamento di altro tipo. Ci siamo ritrovate tutte il fiato di Richard sul collo mentre se ne sta alle nostre spalle per mostrarci come smorzare le "p" e le "t" nelle registrazioni.

Sam e Tom hanno lanciato un'occhiata triste in direzione dell'angolo in cui Richard, seduto con le lunghe gambe stese davanti a sé, sfogliava quello che aveva tutta l'aria di essere un libretto degli assegni. Aveva lanciato distrattamente i guanti sul divano, insieme a un gigantesco giaccone bordato di pelliccia e con le spalle rifinite in pelle, che occupava due posti pieni. Se una donna indossasse un capo del genere si ritroverebbe probabilmente con turbe ormonali e barba incipiente... tutti gli accessori di Richard sono talmente virili che si rabbrividisce, e non solo di disgusto...

Richard è sempre presente alle riunioni mattutine, anche se è l'unico la cui assenza farebbe probabilmente piacere a Nils Boström. Adora scoccare piccole frecce uncinate puntando giusto al centro delle sue visioni. A volte fa strane allusioni che nessuno capisce ma fanno sempre arrossire Nisse Boss come una peonia. Oggi ha detto qualcosa tipo che Nils dovrebbe andare a Stoccolma a cercare di irretire la dirigenza della sede centrale «sfoggiando il meglio del suo guardaroba...». Proprio Nisse, che gira sempre in abiti di lana pettinata grigio chiaro, con una cravatta discreta, talmente mimetici che si confonde con la tappezzeria, a parte le rare volte in cui risalta perché arrossisce.

Accanto a Papa, sul divano, naturalmente c'era MaMa, con un gomito amorevolmente appoggiato sul ginocchio del marito. L'ho visto cambiare posizione facendole quasi perdere l'equilibrio e sbattere il mento sul tavolino, ma lei ha sorriso e basta.

Prosit sfogliava i quotidiani nazionali. Era lì contro la sua volontà: la cultura deve essere libera e poi che gliene frega a lui di sentir parlare di radio digitale e banda larga? Tanto, Mozart sarà sempre Mozart! In genere non lo si vede in giro in sede, almeno finché ha qualche concerto da andare a sentire, e di tanto in tanto va in trasferta all'estero, entro i limiti consentiti dal bilancio dei programmi. Tra l'altro ormai si può anche stare a casa a editare il materiale registrato sul pc, dice spesso, e lo sanno tutti che l'accesso al mobile bar del suo salotto pesa parecchio sulla decisione.

Comunque alle riunioni viene quasi sempre, spinto da bastone e carota. Adora la burrosa sfoglia danese e la possibilità di brillare con qualche battuta azzeccata (in effetti *è* abbastanza spiritoso, almeno quando si riesce a distinguere le consonanti che pronuncia) e inoltre Nisse Boss gli ha fatto notare, non poco scocciato, che il concetto di "orario di lavoro funzionale al servizio" significa "orario in funzione delle esigenze di servizio". Gliel'ho sentito dire un giorno che Prosit si è presentato alle cinque e si è lamentato che il tecnico fosse già andato a casa. «Prosit ha impostato il suo orario di servizio in funzione di quello di apertura del Monopolio di Stato per la vendita degli alcolici» ha ridacchiato Richard, che si trovava nei dintorni. Dopodiché è sceso un silenzio scioccato – queste sono cose che non si dicono a voce alta – e Prosit ha cercato di far assorbire il suo alito saturo di gin dalla spessa sciarpa che aveva intorno al collo. Certo che Richard, il principino, con la sua disinvoltura si fa amici dappertutto...

Di cosa si è parlato alla riunione del mattino? Non ne ho la più pallida idea. Se sono cose importanti, prima o poi te le ritrovi intorno. Le novità spiacevoli ti azzannano alle spalle, quelle belle rimbalzano tutta la mattina da una scrivania all'altra come palline di gomma. Anche io ci vado soprattutto per la sfoglia danese.

Naturalmente non c'erano tutti: qualcuno deve pur occuparsi dell'ordinaria amministrazione. Benke Hedning conduceva il notiziario, Deiv era il tecnico di turno, Carina cinguettava nel suo ricevitore giù al piano terra.

Ma Haqvin Storfjell era seduto vicino alla porta, dritto e immobile, e dietro le lenti spesse spostava i suoi occhi a fanale da uno all'altro. Quell'uomo mi fa venire la pelle d'oca, neanche riesco a guardare dalla sua parte. Non capisco perché gli altri sembrino adorarlo come se fosse un sacro guru! Mi sono accorta che, a turno, vanno tutti nel suo gabbiotto e ci rimangono per un po', in silenzio.

L'altra cosa di cui mi sono accorta è che è l'unico che viene lasciato stare da Papa.

Ecco, tesoro mio, adesso puoi finalmente liberarti di me! È ora di pranzo e per oggi il pericolo di essere spedita a fare reportage in cantiere è cessato. Nel pomeriggio sarò in trasmissione con Papa per recensire libri, impegnata a evitare le sue ginocchia sotto il tavolo della regia.

/invio/

5. Dal gabbiotto di vetro – II

Lo sguardo terrorizzato di Malla non mi è sfuggito, l'altro giorno: le faccio paura. I suoi pensieri si sono allontanati da me al galoppo, come un branco di puledri selvatici quando si avvicina la belva. È brutto essere considerato una belva, mi ci ero quasi disabituato, anche se una volta capitava, tra persone che non mi conoscevano. Era quando mi concedevo di agire seguendo i miei impulsi interiori. Come l'altro giorno, quando ho esaminato le mani a tutti. La mia sensibilità è così grande, così sviluppata, che avrei potuto benissimo trovare la mano prima che le nocche sbiancassero chiudendosi intorno al manico di un'accetta, trovarla e stringerla in una morsa di ferro, forse impedire una catastrofe. Ero disperato, in quel momento, perché ha cominciato a succedere anche nei sogni. Quando vengo colto dai miei impulsi gli altri mi lasciano fare: nel corso degli anni ne sono successe abbastanza da indurli a rispettare il mio comportamento senza fare domande. Sanno che ho salvato, arginato, smussato, calmato... ma non sanno come, e così evitano di riflettere sulla faccenda. L'unica eccezione è Carina, il cui assai limitato intelletto è tutto a fior di labbra...

Ma adesso le mie notti fonde e le mie albe si riempiono di qualcosa di talmente estraneo che spaventa anche me. Mi viene incontro una figura, una figura bianca senza volto e senza gambe! Non somiglia a nessuna delle mie esperienze passate e non riesco ad affrontarla né a correre via, e così rimango inchiodato all'immobilità del sogno. È orribile.

L'unica cosa che posso fare è sfruttare il piccolo dono che ho e cercare di sondare il loro intimo e i loro pensieri e lavorare su quello che ho a disposizione. Devo almeno tentare!

A volte questo fatto di non poter scegliere cosa voglio vedere e capire mi irrita. Leggere nel pensiero delle persone come faccio io è un po' come armeggiare con la manopola di sintonia di una vecchia radio di bachelite: fischi e scariche e fruscii e poi una frase di una chiarezza cristallina in una lingua straniera, un notiziario da Hilversum e qualche battuta di una marcia militare di chissà quale paese. So dove trovare alcune delle mie stazioni e come intercettarle, altre non le capto proprio, per quanto giri la manopola, e qualcuna è disturbata da inspiegabili motivi: il segnale è troppo debole oppure si frappone un'emozione particolarmente forte di qualcun altro, intralciando la comunicazione. E d'un tratto capita che mi arrivi un pensiero, una vibrazione nell'aria, senza che io ne conosca la provenienza. È successo oggi ed è bastato per farmi rizzare i capelli: durante la riunione mattutina qualcuno ha pensato…

…NON RESISTO PIÙ… COME SI FA, IO DI QUESTE COSE NON SO NULLA… MA SE HO PRESO LA DECISIONE CHE NON HA PIÙ IL DIRITTO DI VIVERE DEVO PENSARE A COME METTERLA IN ATTO… E DEVO METTERLA IN ATTO DI PERSONA…

Cos'era? Certo, sono volati i coltelli altre volte, ma… "non ha più il diritto di vivere"? E ho percepito una forte determinazione, un sentimento quasi accecato di… era odio, o addirittura amore? Sono così vicini: entrambi hanno picchi che schizzano verso il rosso, il sonoro si spezza, i sentimenti si spezzano, ti porti le mani alla testa come per un improvviso feedback acustico… Sono scattato all'indietro, quasi mi fossi scottato, e non ho avuto la forza di trattenere quel pensiero o indagare sulla sua provenienza.

Ma cosa me ne faccio dell'intuizione di un'imminente catastrofe? Ovviamente non posso parlarne con i miei colleghi, neanche quando vengono nel mio gabbiotto di vetro e si fermano a fare rifornimento di quel po' di pace o di forza che riesco a trasmettere mettendo su della musica per loro. A volte è divertente, come ieri quando ho fatto sentire a David la marcia da parata del reggimento del Sö-

dermansland: credo che avesse bisogno di farsi coraggio per affrontare la sua esasperante fidanzata. Tra l'altro è sensibile alla musica di quel genere: ha raddrizzato un po' la schiena e sollevato il mento. E sono pronto a giurare che quando è uscito aveva il passo più pesante e deciso di quando si era trascinato dentro, anche se le scarpe erano le stesse, strane come quelle che portano adesso i giovani, da ginnastica e grandi come barche, di tutti i colori e con bande di traverso e gheroni e imbottitura e linguette e suole giganti... Mai avrei messo su una marcetta per uno stronzo arrivista come Bengt: lui lo calmo con il flauto traverso... David invece ha bisogno di un po' di grancassa e di tuba... E quanto alla sua Carina, di certo non lo apprezzerà meno se tornando a casa per una volta batterà il suo mite pugno sul tavolo... anche se veramente per quanto riguarda Carina credo che sia già troppo tardi. Oggi, durante la riunione, l'ho sentita:

AH AH AH, CHE FORZA QUELL'UOMO, HA SPOSTATO IL GINOCCHIO DI UN SOFFIO E PER POCO QUELLA NON ROVINA GIÙ DAL DIVANO... CHISSÀ POI PERCHÉ DEVE STARGLI APPICCICATA ADDOSSO... NON L'HA ANCORA CAPITO CHE NON È PIÙ SUO?... CHE HA TROVATO L'AMORE... NON SIAMO RIUSCITI A OPPORRE RESISTENZA... COSÌ È L'AMORE, CAPISCI, MARIA... DICE CHE HA PARLATO CON LEI...

Non si può dire che sia una di buon cuore, Carina. Un'anima giovane e ingenua, questo sì, forse. Capisce solo quello che conviene a lei, e solo nell'immediato, lancia continuamente frecciatine indiscrete a destra e a manca senza mai soffermarsi su dove si conficcano. Forse non è davvero animata da cattive intenzioni, ma di buone ne ha solo nei propri confronti e manca completamente di empatia.

Però sono perplesso... dovrebbe essere scontato, almeno per me, provare empatia nei confronti di Maria, solo che è come se lei tirasse su un muro tagliafuoco per ripararsi da queste cose, bloccandole prima che penetrino... non vuole empatia, oppure vuole solo tenere a distanza me, come sempre... Forse è una di quelle persone incapaci di accettare l'empatia come un dono, che legitti-

ma la sua vita da martire con le premure nei confronti degli altri... ma non credo: quando aiuta Stig a salire le scale e si guarda intorno furtiva per controllare che non li abbia visti nessuno, sembra sincera. La lascio in pace. E poi neanche lei viene a cercarmi, per ascoltare.

Come Kerstin. Quando entra è frenetica, percorsa da una corrente affannosa e vibrante che sembra mettere in movimento tutto quello che si trova nella stanza... oggetti che cadono, lampadine che si accendono a intermittenza, porte che sbattono e finestre che si spalancano. Finché non parcheggia il suo corpaccione sulla sedia davanti alla mia finestra, quella che si affaccia sul giardino. Attraverso la parete di vetro del mio gabbiotto si vede anche uno scorcio dell'altra, che dà sulla strada: è sopra l'ingresso e molti sembrano trovare riposante veder andare e venire le persone, avere una sorta di controllo a distanza sugli eventi, ma senza poter intervenire... e fuori dalla finestra ci sono anche le alte betulle bianche che frusciano. In genere non passa molto tempo prima che gli occhi inquieti si posino sui rami ondeggianti, mentre la musica che ho scelto per ciascuno esercita il proprio influsso sull'anima. Spesso per Kerstin metto su melodie cinesi prodotte da strani strumenti a corda, pezzi che hanno titoli come Il pescatore contempla gli uccelli librarsi dal lago all'alba... *E lei si calma. Persino gli orecchini smettono di tintinnare. Restiamo seduti per un po' immersi in un silenzio profondo.*

Malla, la praticante con gli angoli della bocca sempre a un passo dal tendersi in un sorrisino o in una smorfia ironica, ha come ho già detto una gran paura di me, non c'è alcun dubbio. Ho cercato di stabilire un contatto con lei – dicendole del mio dono ma anche cercando di tranquillizzarla assicurandole che non ne abuso – ma so che le parole non sono il mio forte: divento brusco e spiccio, non sono capace di girarci intorno o spiegare. Come si fa a spiegare una cosa del genere? Lei mi evita, quasi non riesce a guardarmi, e questo mi dispiace. Può essere suo quel pensiero che ho captato, quel "non ha il diritto di vivere"? No, no, non credo. Non è una da emozioni infiammate, sta ancora esplorando l'enigmati-

co mondo degli adulti... rimangono bambini tanto a lungo, i giovani d'oggi, anche se in superficie sembra che non sia affatto così.

Mi sa che devo lasciarla andare, quella minaccia, quella sensazione di catastrofe imminente. Perché non c'è nessuno con cui parlarne, non ci sono parole per rendere credibile quello che è soltanto intuito, captato negli interstizi tra i pensieri in una dimensione preclusa a quasi tutti. E la lascio andare volentieri. Se potessi credo che abbandonerei il campo adesso, me ne andrei in montagna e lascerei che fosse il vento a spazzare via i cattivi presagi. Ma non lo faccio, perché sento che avrò un ruolo in tutto questo e che è mio dovere restare.

6. Gay esultanti e capiredattori fuori da gangheri

A: jonas.mansson@norrlands.folkblad.se
Da: malla.vilhelm@radionordest.sr.se

Ho sempre l'illusione che se solo mi alzassi sufficientemente presto, mi scolassi due tazze di espresso nero e mi facessi una doccia gelida (*oh-ho!*), al lavoro potrei realizzare grandi cose fin dall'alba. Mentre il conduttore delle news mattutine (che raramente sono io, perché non sono del tutto affidabile) suda da solo nel suo Loculo, io me ne vado nella redazione deserta e mi rimbocco le maniche. Quando gli altri si presentano per la riunione mattutina mi trovano già lì con la sbrodolata intervista del giorno prima montata e mixata ad arte, tutti i trailer e gli annunci pronti e l'intera lista delle mail in arrivo (168) esaminata e con le risposte inviate. Ho letto tutti i quotidiani del mattino, ascoltato tutti i notiziari, controllato le agenzie e quando loro si trascinano dentro io sto crepitando come una girandola natalizia...

«Avete sentito?» dirò. «Questo... e questo... e poi dobbiamo fare un servizio su questa cosa!». E Bengt Hedning, il caporedattore, trasalirà e mi guarderà con un interesse nuovo negli occhi. (In genere mi rivolge uno sguardo diffidente e ostile, come se temesse che da un momento all'altro io esca di testa e saluti in diretta zia Lotten).

Ma dai, Malla! Scendi dalle nuvole!

In effetti più di una volta *ho* puntato la sveglia alle cinque o alle cinque e mezza, ma in una fase o nell'altra il mio ambizioso programma va inevitabilmente a rotoli: mi riaddormento per svegliarmi un quarto d'ora dopo l'inizio della riunione mattutina... Mi rovescio il caffè sull'unica maglia pulita (chiara) e mi presento con le macchie nascoste sotto una grande giacca del tutto immotivata... Mi lascio risucchiare dal vortice della posta elettronica e comincio a ribattere a qualcuno che protesta per qualche motivo... Oppure mi concedo di sprofondare nel tuo abbraccio accogliente e mi perdo in mail autobiografiche, come adesso.

E se non succede niente di tutto questo, se non ci sono state interruzioni di corrente che hanno fatto fermare la radiosveglia, m'incaglio irrimediabilmente in qualche agenzia della Reuters sul ritrovamento in una tomba di Irkutsk di una principessa vissuta cinquemila anni fa, o in una della TT su un alce che si è innamorato di una Harley-Davidson e ha cercato di accoppiarcisi. Adoro questi trafiletti: subito nella mente prendono a scorrere le immagini, come un film, ma ovviamente per il notiziario locale sono del tutto inutilizzabili perché sono sempre cose successe fuori dai confini regionali. E invece avrei dovuto passare in rassegna gli ultimi sviluppi della controversia sul tracciato della nuova ciclabile o le sorprese del campionato amatoriale di calcio.

L'amara verità è che non sono particolarmente brava in quello che faccio al momento. Ormai sono qui da cinque mesi, tra un po' mi sbattono fuori perché non possono rinnovarmi il contratto a tempo determinato e a quel punto dovrò per forza trovarmi un lavoretto in uno dei giornali locali, foss'anche un settimanale di annunci gratuiti! E l'unico modo per ottenere un posto del genere è riuscire a farsi un minimo di curriculum come autrice di testi, scovare qualche scoop che gli altri hanno mancato, portare alla luce uno scheletro, il più maleodorante possibile, da qualche armadio comunale o perché no, magari un bell'omicidio misterioso qui in redazione? Qualcosa che la polizia non riesce a risolvere prima che *io* abbia radunato tutti i dipendenti in sala da pranzo e con la massima eleganza abbia sviscerato il difficile caso come se fosse un'aringa e concluso puntando sull'Assassino l'Oggetto Contundente insanguinato che ho trovato in fondo all'archivio nastri...

Ma cosa dico! Certo, a volte mi irritano, però mi riesce difficile vedere queste persone miti nel ruolo di assassino. L'unico sarebbe Richard, che se qualcuno si mettesse a pisciare nel suo territorio non si farebbe grandi scrupoli! E neanche riesco a vedere uno di loro nella parte della vittima: semplicemente, non istigano a sufficienza. Bah, al limite l'impenetrabile Omar, ma per uccidere un signore soprannaturale come lui ci vorrà sicuramente una pallottola d'argento.

Insomma, mi toccherà prendere su e andare a cercarmi il famoso scheletro comunale. Perché *non* voglio finire a fare l'addetta alla reception dell'Albergo Centrale o la rappresentante della Herbalife, gli unici modi per mantenersi che pare siano rimasti a quelli come me. A parte, naturalmente, il classico marciapiede. Ma non credo che farei fortuna neanche in corsetto rosa shocking e stivali di vernice a metà coscia, perché nei punti in cui le signore che hanno successo sporgono io sono praticamente rientrante... Per ricavare da me qualcosa di vendibile ci vorrebbero secchiate di silicone... E neanche riuscirei a scodinzolare più di tanto, come pare sia necessario nel ramo. Ho poca pazienza con gli sporcaccioni di ogni genere, e con tutti quelli che cercano di farmi fare quello che vogliono loro.

Lo senti anche tu: blatero a vuoto, ormai, quasi disperatamente. Perché sono le sette e mezza passate e non ho ancora combinato niente di utile. Stamattina il responsabile di trasmissione è Hedning in persona e tra poco lo sentirò entrare.

Per una volta, Sam e Tom sono già qui e gorgheggiano come cocorite. C'è da rallegrarsi che non si aggancino il becco a vicenda da un lato all'altro della scrivania. Sì, perché hanno avuto un incarico che è il loro sogno: dovranno seguire, con regolari trasmissioni in HF, un piccolo festival locale di Gay Pride nell'entroterra, ma organizzato in maniera inusuale. Per una settimana intera si dedicheranno alle attività tipiche di quassù, tipo pescare nel ghiaccio, fare lunghe sciate di fondo, e persino guidare le slitte trainate da mute di cani, il tutto con un triangolo rosa sulle giacche imbottite della Fjällräven e brandendo lo stendardo dell'Unione Nazionale Omosessuali, Bisessuali e Trans! E questo per dimostrare che non tutti i gay girano in Sergels torg, a Stoccolma, in gonna di tulle rosa, come crede la maggior parte della gente di qui. Nel pomeriggio si piazzeranno davanti ai supermercati dei paesini per rispondere alle domande della gente. Secondo me sono coraggiosi: ci vuole più fegato a mettersi lì e difendere le proprie convinzioni in pieno shopping del sabato nel centro commerciale di Mörtsele che andare per esempio a caccia per molestare bestie innocenti. I cacciatori rischiano al massimo di ritrovarsi con un principio di congelamento alle dita dei piedi o di essere travolti da un alce agonizzante, mentre Sam e Tom e le loro anime consimili potrebbero subire battute cattive che penetrano nel profondo. Ma l'unione fa la forza, dicono. Tra un attimo prenderanno il furgone della diretta in HF e partiranno, neanche si fermano per la riunione. In HF? Ma sì, hai presente quello zainetto con un ricetrasmettitore che invia direttamente le interviste alla stazione passando dal furgone? Eccoli che vanno via. Ciao ciao e in bocca al lupo, ragazzi!

Sta arrivando Hedning. Mi lancia un'occhiata e si collega alla Rete dal suo computer. Ogni tanto borbotta irritato tra sé e sé: «Fanculo!!!». D'un tratto molla una sventola all'apparecchio e ruggisce: «*Maledette banche del cazzo!* Di interessi non te ne danno, e neanche di servizi, ma le rate del mutuo te le addebitano all'istante, altrimenti ci piazzano su una mora da paura! Ho pagato più soldi di interessi passivi negli ultimi sei mesi di tutti quelli attivi che ho incamerato in vent'anni!».

Proprio mentre sta urlando queste parole entra dalla porta Papa Richard, per l'occasione avvolto in un elegante cappotto in morbida pelle grigia. Non che tenga molto caldo, nel gelo del pieno inverno, ma ultimamente Richard gira a bordo di una nuova Saab sportiva grigio-argento che deve avere l'abitacolo ben riscaldato. Ha tutta l'aria di passarsela a meraviglia, lui! Oppure è MaMa ad avere i soldi: Che Vällivaara mi ha detto che è figlia di uno dei baroni dell'industria locale e che alla sua morte ha ereditato qualche pignatta d'oro. Stranamente, però, non la si vede mai al volante della Saab: lei va quasi sempre in autobus, visto che il catorcio che hanno come seconda macchina non apprezza le temperature sotto zero. Ed è raro che loro due, MaMa e Papa, comincino a lavorare contemporaneamente. Abitano in una vecchia villa fuori città, un tempo appartenuta ai genitori di lei, però è parecchio che non c'è più uno stuolo di domestici che la tenga in condizioni perfette. Che Vällivaara mi racconta questa cosa con una vaga sfumatura ironica – evidentemente non ha particolare simpatia per i classici baroni dell'industria – ma a MaMa vuole bene. Dice che non ha mai sventolato le sue ricchezze sotto il naso degli affamati giornalisti di provincia e che sgobba come tutti gli altri, anche se probabilmente potrebbe permettersi di starsene al golf club dalla mattina alla sera scambiandosi ricette di cocktail con le amiche.

Mentre ti scrivo, caro J., alle mie spalle si è scatenato un litigio accanito. Papa brontola sordo, strascicando le parole in maniera alquanto irritante, mentre Hedning strepita al punto che tra un po' va in falsetto.

«E che cazzo, Richard, tu puoi permetterti di fottertene di stronzate come gli interessi di mora! Ti sei sposato una con la dote, giusto? Guarda che se non ci fosse stata MaMa a pagarti quel cappotto da frocio andresti in giro anche tu con un qualsiasi straccetto comprato da KappAhl, come tutti gli altri. E la Saab l'avresti vista solo nella pubblicità della concessionaria...».

«Una con la dote? Guarda che tra i due il superdotato sono io, chiedi a Maria se non ci credi!» ridacchia Papa, leccandosi le labbra e lanciando un'occhiata nella mia direzione. «E comunque sappi che i soldi del suo paparino non valgono più tanto, nel terzo millennio. Oggi bisogna essere bravi ad amministrare il gruzzolo, piazzandolo nei modi giusti per poi vivere di rendita e permettersi dei cappotti che tu neanche ti sogni. A proposito, l'altro giorno mi è sembrato di vederti in quel negozio di roba di seconda mano...».

«E che cazzo! Dovevo comprare una scrivania usata per i ragazzi!» Benke Hedning urla sempre più forte. Dovremmo avere le pareti insonorizzate anche in redazione. «Ma mi fa molto piacere che tu te la passi bene, Richard, perché vuol dire che puoi anche ritirare la tua domanda per quel posto di direttore della programmazione. Quattromila corone in più al mese per te non fanno differenza, ma per i miei interessi di mora basterebbero!».

«Continua pure a sognare, Benke!» risponde Richard strascicando le parole e studiandosi le unghie. «Quel posto spetta a me. Un titolo del genere farebbe una gran bella figura sul mio biglietto da visita, ecco tutto. E poi lo sai cosa disse George Mallory quando gli chiesero perché voleva assolutamente scalare l'Everest? "*Because it's there!*". E io voglio quel posto perché... be', perché c'è!».

Mi sa che si esibisce in quelle citazioni in inglese per mettersi in mostra con me. Sta limando la sua "*Papa-image*". Benke però non si lascia impressionare: anzi, s'imbestialisce ancora di più.

«In che senso "spetta a te"? Io ho almeno cinque anni di esperienza in più e ho lavorato su una gamma molto più vasta di programmi! E che cazzo, non hai neanche l'esame di giornalismo! Sei riuscito a entrare qui solo perché hai la lingua talmente sciolta che riesci a tener banco ora dopo ora senza neanche prepararti! Bel direttore della programmazione saresti! Quello è un lavoro in cui non basta saper blaterare: bisogna sgobbare! E Nisse Boss lo sa! Quindi lascia perdere, adolescente troppo cresciuto che non sei altro! Vai fuori a giocare con la tua Saab da snob, invece!».

Ma Richard non raccoglie la provocazione. Allaccia le mani dietro la nuca, si sporge all'indietro sulla sedia e sbircia da sotto le palpebre socchiuse, nel miglior stile Göran Skytte, il giornalista capace di irritare chiunque abbia davanti. Nel frattempo io mi sono voltata e vedo che sta per far saltare i nervi a Benke.

«Ah, quindi tu sei convinto di godere della fiducia di Nisse? Pensi che siate amici, voi due? Che vorrebbe te come suo più stretto collaboratore?» dice in tono strascicato.

Bengt Hedning si zittisce di colpo e boccheggia come un pesce rosso. Sa bene quanto noi di essere stato spesso nell'ufficio di Nisse a tuonare su quelle che considera le carenze organizzative di Radio Nordest. E Benke non è uno che ci vada giù leggero: più o meno come un'orca che si scateni su un banco di aringhe. Alle riunioni settimanali, Nisse Boss si mette spesso a balbettare se solo Benke chiede la parola.

Hedning trattiene il fiato di colpo. Gli deve essere venuto in mente all'improvviso, come anche a me, che negli ultimi tempi Nisse Boss si è spesso fatto dare un passaggio dalla Saab grigio argento. Si gira di scatto e si precipita fuori dalla porta, scontrandosi con Kerstin che è diretta alla riunione mattutina, e poi imbocca il corridoio a grandi passi.

Kerstin fa una lunga deviazione per evitare Richard e deposita le sue floride chiappe sulla scrivania vuota di Tom e Sam.

«Be', che ha?» chiede. «La battaglia sulla ciclabile ha avuto una svolta sensazionale?».

«Ti ha visto arrivare, Viola mia!» risponde Richard socchiudendo gli occhi. «Aveva paura che ti sedessi sulla *sua* scrivania».

Quella di chiamarla Viola è la nuova cattiveria della settimana. Pare che la famosa donna cannone Viola un tempo si esibisse alle fiere. Kerstin non lo degna di uno sguardo.

«Visto che siamo presenti solo io e te, Malla, immagino che la riunione mattutina non ci sarà. Vieni, andiamo a sederci in sala da pranzo, così vediamo se riusciamo a dare un senso a questa giornata».

Qualcosa non va qui in redazione, Jonas! Quando sono arrivata io l'aria non era così avvelenata! Se continua così, ho intenzione di farmi dichiarare in sindrome da burnout fino alla fine del praticantato! E a quel punto verrò ad abitare con te nel tuo monolocale, me tapina, e ti terrò calde le pantofole. Che ne dici?

La tua amica congelata fin nell'anima,

Malla

/invio/

7. Fantasmi, guardie giurate e sfoglie danesi d'interesse storico

Dal diario di Malla Vilhelmsson, domenica 5 febbraio

La mia respirazione torna lentamente alla normalità, smetto di singhiozzare come un bambino esausto e la calma mi si diffonde nel corpo insieme al calore di una tazza di tè forte. Lo *so* che la mia fantasia viaggia a livelli compresi tra "eccessivo" e "decisamente insano": è sempre stato così. M'immagino le cose e poi le gonfio fino a spaventarmi a morte, dopodiché reagisco come se fossero la realtà fatta e finita. È già successo, e mi sono sempre ritrovata nei pasticci. Non posso permettermi che accada di nuovo, soprattutto con un posto di lavoro che mi traballa sotto il sedere come questo.

Non ho visto quello che ho visto, ecco tutto.

E quindi adesso, Malla, ti dai una regolata, ti siedi in quella poltrona sbilenca e ripensi per benino al fine settimana appena passato. Dev'essere successo qualcosa che ha alimentato in qualche modo la reazione isterica di poco fa. Cominciamo dal principio, calma e tranquilla, anzi, magari anche un po' spiritosa. Come ti sforzi di essere davanti a Jonas. Rilassati. Respira. A cuccia. Ecco, così.

Strano fine settimana, questo. Prima d'ora non mi ero mai sentita sola qui in città: i week-end sono andati via a cercare di rendere un po' accogliente la brutta stanzuccia che ho preso in affitto, oppure me ne sono stata al lavoro a navigare distrattamente in Rete, scambiare due chiacchiere con i corrispondenti entrati di corsa per trasmettere gli ultimi risultati dello sport locale o semplicemente godermi la solitudine in redazione. La chiave ce l'ho, e il vecchio stabile che ospita la radio è un ambiente abbastanza accogliente per una povera ragazza spiaggiata in una città estranea. La sera vado al cinema a rivedere i film che ho già visto a casa quando sono usciti, circa sei mesi fa, e che adesso sono arrivati quassù. Qualche volta faccio un salto in un pub in centro. In uno di questi, Route 69, impazzano i giovani motorizzati, che a questa latitudine significa essere possessori di una motoslitta. Sono stati Deiv e Carina a portarmici, la prima volta. In genere arriva un qualche manzo che mi conduce in disparte, mi fa bere una pinta di birra forte e poi mi racconta con occhi sognanti lunghi e dettagliati aneddoti su Lince, che naturalmente è la motoslitta di cui è perdutamente innamorato. Non capita quasi mai che mi chiedano cosa faccio io: danno per scontato che lavori come inserviente in una casa di cura, o qualcosa del genere. A volte vogliono che vada oltre, cioè che mi presti a cure di altro genere nella loro, di casa, ma a quel punto io rivelo che in realtà sono un'ispettrice inviata dal comune a verificare l'osservanza delle norme sulla vendita degli alcolici. Quando, dopo aver recuperato il mento caduto nella birra, si avviano barcollando verso il banco per avvertire il barman, batto in ritirata. Capita che mi raccontino barzellette terrificanti e io smetto per un po' i miei panni di politically correct ridendo fino alle lacrime. Dicono che ridere rinforza le difese immunitarie e grazie a quelle serate al pub ho evitato l'epidemia d'influenza di quest'anno. Lì dentro ascoltano musica country e quando le pinte scolate arrivano a un certo numero cominciano i giri su uno di quei tori artificiali che saltano in tutte le direzioni. Una volta mi ci hanno fatto salire. Da allora non ho più messo piede lì dentro e ho rimosso quello che è successo.

L'altro pub è frequentato da gente con il riporto sulla pelata e la mano sinistra in tasca. Almeno così dice Carina, e quanto a classificazione di uomini sconosciuti mi fido abbastanza del suo giudizio. Non credo che riconoscerebbe un poeta, e nemmeno un assassino che si diverte a fare a pezzi le sue vittime, per lo meno non per queste caratteristiche, però saprebbe dire se sono sposati, conviventi o divorziati e saprebbe anche catalogarli in ordine di reddito imponibile con un'approssimazione alle mille corone. Non che sia una graduatoria che m'interessa particolarmente, ma l'unica volta che sono andata al Blå Skänken, la Cambusa Azzurra, ho percepito subito che con il mio ingresso l'età media nel locale era calata di circa due anni. E dire che era pieno di gente...

Mi è anche capitato di andare a trovare qualche collega a casa sua. Non spesso, però. Be', Sam e Tom, certo: ogni tanto giochiamo a poker nel loro bilocale minimalista mentre gli altoparlanti cromati diffondono musica lirica. Sono stata anche da Che, che mi ha invitata a cena e mi ha raccontato delle bravate della sua giovinezza in un appartamento accogliente e colorato, pieno di piante. Erano così tante, a dire il vero, che per andare in bagno quasi quasi serviva il machete. Però è stata una serata piacevole. Nisse Boss e Bengt Hedning abitano fuori città in ville con consorti, figli, cani, tosaerba a motore e roba simile. E a nessuno dei due verrebbe mai in mente di far varcare la loro soglia da una praticante. Anche MaMa e Papa stanno come risaputo fuori città, e MaMa mi ha detto che quando "passo di lì" devo assolutamente andare a salutarli, ma a meno che uno prenda la macchina appositamente è piuttosto improbabile che succeda.

Anche Carina e Deiv mi hanno invitato a casa loro, una volta, ma solo per un drink prima di andare al pub. Abitano in un trilocale incredibilmente ordinato con giganteschi tendoni dalle fogge complicatissime, in chintz color albicocca, coperchi di rame su tutte le piastre elettriche e una grande libreria ingombra di animaletti di cristallo e videocassette in custodia di pelle che sembrano libri. Carina continuava a scusarsi per il "disordine" e io mi sono resa conto che non potrei mai invitarla nella mia stanzuccia, perché lì sì che c'è "disordine". Non si sa mai cosa si può trovare sui ripiani della libreria: un paio di mutande o magari un giallo con le pagine incollate da una fetta di pane e burro. Di tende non ne ho proprio, da una notte angosciosa in cui ho tirato giù quelle con le gigantesche rose lilla della padrona di casa – mi sembrava che stessero per assalirmi – e l'unica cosa che copre la piastra elettrica del mio fornello è il latte che è traboccato dal pentolino l'altro giorno.

Prosit abita in un bilocale da qualche parte della zona occidentale della città da quando la sua ex moglie l'ha cacciato di casa. Ovviamente non vado a trovarlo: sono sicura che, se suonassi alla porta, dentro si scatenerebbe un'attività febbrile per nascondere le bottiglie vuote. MaMa però mi ha detto di esserci passata qualche giorno fa a mettergli su le tende. Sostiene che fosse tutto pulito e in ordine e che lui le avesse addirittura preparato le lasagne, con la mousse di cioccolato per dessert. È stata presa così in contropiede che è rimasta senza parole, e quando gli ha detto che non poteva fermarsi a mangiare – aveva "preso in prestito" la Saab da Richard e doveva riportargliela – lui si è quasi messo a piangere. Comunque gli ha promesso di andare a fare un giro sugli sci da fondo insieme a lui appena migliorerà il tempo, e di lasciargli preparare il pranzo al sacco. Mah!

Dove abiti Haqvin Storfjell non me lo immagino neanche. Probabilmente dorme a testa in giù in qualche grotta.

In ogni caso, tornando a noi, è stato un fine settimana piuttosto cupo. Adesso è domenica e sono appena tornata a casa, con il cuore che batte all'impazzata. Ecco cos'è successo.

Sabato ha infuriato la bufera tutto il giorno e io non ho messo il naso fuori. Certo, avrei potuto andare al lavoro e navigare in Rete verso paesi più caldi, ma qualcosa mi ha trattenuto dal farlo. Negli angoli della vecchia casa del mercante è ancora sospesa, come fumo stantio, l'atmosfera densa e velenosa delle schermaglie delle ultime settimane tra i miei colleghi. Così sono rimasta stesa a leggere tutto il giorno e la sera mi sono messa tutti i capi di vestiario che possiedo e sono uscita a noleggiare una cassetta, arraffando lungo la strada anche una pizza da asporto con una pellicola di formaggio simile a gomma, per poi riseppellirmi tra cuscini e coperte.

Oggi il mondo intero era imbiancato di neve fresca e il cielo è stato grigio solo per un breve sprazzo a metà giornata, e nero per il resto del tempo. Cosa inventarsi? Sam e Tom erano a Mörtsele con i loro allegri amici gay, i due film in programmazione nei cinema del posto li avevo già visti, leggere avevo già letto tutto ieri fino a diventare strabica. Ho azzardato una passeggiata ma era come camminare nelle sabbie mobili: di domenica gli spazzaneve non sono particolarmente efficienti.

Mentre scendevo al chiosco della stazione per comprarmi un tabloid ho visto qualcosa che non avrei voluto vedere affatto. A bordo della Saab grigio-argento, Carina e Richard Malmström erano tutti presi uno dall'altra.

Bah, non è poi un gran segreto che lui ci provi con lei e che lei non si tiri indietro. In radio mantengono però un minimo di discrezione. Ormai è chiaro che tra un po' lei prenderà il volo con i suoi coperchi di rame e i suoi animaletti di cristallo, ma lui che farà? Ha intenzione di lasciare MaMa così, dopo tanti anni di matrimonio? E cosa succederà? Deiv e MaMa saranno costretti a stare seduti in prima galleria a seguire in diretta la loro storia d'amore? Intollerabile per tutte le persone coinvolte. E Richard, poi, con le sue abitudini dispendiose, può davvero permettersi di lasciare MaMa?

Sono rimasta per un po' a cazzeggiare al Nuovo Caffè (Nuovo? Bisognerebbe dichiararlo d'interesse storico, almeno per quanto riguarda le sfoglie danesi che propina!). Alla fine, rassegnata, sono passata in sede per vedere se potevo trovarci un essere umano con cui scambiare qualche parola. Ma ormai era tardi e l'entusiasmo dell'ultimo redattore sportivo era scemato: gli uffici erano bui e chiusi. Cioè, veramente il buio non è mai totale: negli angoli i faretti direzionali sono sempre accesi.

E a questo punto è successo qualcosa di assolutamente incomprensibile. Io ero sola lì dentro: quando sono arrivata, il portone d'ingresso era chiuso a doppia mandata e l'allarme era attivato. Dovevano essersene occupati quelli dello sport, perché se non si chiude come si deve da dietro l'angolo arrivano su due ruote le guardie giurate della Securitas e vogliono sapere cosa succede, e il falso allarme costa caro. Nisse Boss ce l'ha inculcato per bene durante innumerevoli riunioni settimanali. Non possiamo neanche lasciare socchiusa una finestra.

Quindi: la sede doveva essere vuota a meno che qualcuno, per un motivo incomprensibile, volesse restarci dentro senza farsi notare e per questo si fosse chiuso dentro a chiave come se fosse uscito.

Invece... come avrei avuto modo di notare, non era vuota.

Sono entrata nello studio uno e ho acceso l'interruttore centrale sulla parete. Il tavolo di regia ha improvvisamente preso vita emettendo segnali acustici e lampeggiando, come se avessi svegliato un orso addormentato. Ho provato un vago senso di disagio, per poi trovare finalmente un paio dei tanti pulsanti in fila e riuscire a scacciare le ombre dallo studio di trasmissione. Mi sono sintonizzata sul terzo canale, ho indossato le cuffie, ho ascoltato un paio di pezzi e un po' di chiacchiere a vanvera ad alto volume. Adoro il terzo! E non venite a parlarmi di "radio giovane"! Ho intenzione di continuare ad ascoltare il terzo programma fino alla menopausa e poi anche al pensionamento con tanto di orologio d'oro, dovessi chiedere un'apposita deroga per farlo!

Ma il senso di disagio non voleva mollare. Mi sono messa ad ascoltare il bollettino del mare, il miglior tranquillante dopo il Valium. Una voce monotona, intensità del vento su Lerwick e Bjuröklubb... lo seguo da quando ero bambina. Poi mi sono sentita stupida – non c'è mica bisogno di un'intera stazione radio per ascoltare la radio – e così mi sono alzata e ho spento le luci con l'intenzione di andare a casa.

Ho aperto la porta che dà sull'ingresso, ed è stato allora che ho visto... no, voi che state leggendo il mio diario di straforo potete smettere qui. Altrimenti presenterete istanza per farmi rinchiudere.

Nella penombra ai piedi della scala ho visto un fantasma.

Di sicuro ho visto una fluttuante figura bianca con un accenno di testa ma uno spazio vuoto nel punto in cui avrebbe dovuto trovarsi la faccia. E senza gambe! Senza gambe, scivolava verso la scala del seminterrato. Nel silenzio più assoluto.

Ho fatto l'unica cosa sensata, date le circostanze.

Ho urlato istericamente e mi sono precipitata fuori, senza chiudere a chiave il portoncino e pensando, mentre tra i singhiozzi correvo verso casa, che di quel fantasma si sarebbe occupata la vigilanza.

E adesso eccomi qui, il cuore che batte ancora fortissimo e un gusto metallico in bocca.

Come potrò mai parlare di questa cosa al lavoro? E cosa dirò alle guardie giurate?

8. Com'è potuto accadere?

Expressen

CONDUTTORE RADIO UCCISO IN DIRETTA A COLPI D'ACCETTA! SETTANTAMILA ASCOLTATORI L'HANNO SENTITO AGONIZZARE: COME È POTUTO ACCADERE?

Agenzia nazionale della stampa, lunedì 6 febbraio

Il noto conduttore di Radio Nordest, Richard Malmström, è stato aggredito e brutalmente assassinato con un'accetta alle 7.44 di stamattina, mentre era in onda. L'aggressione è stata seguita da circa settantamila persone che stavano ascoltando in diretta il programma mattutino di Malmström, "Nerocaffè". A centinaia hanno subito telefonato al centralino della radio, che non ha retto all'assalto. Nonostante i numerosi "testimoni", l'omicidio è inspiegabile. L'assassino è entrato nello studio in cui Richard Malmström stava trasmettendo, l'ha brutalmente ucciso con un'accetta ed è poi sparito senza lasciare tracce, nonostante ben tre persone si trovassero davanti all'unica uscita della stanza! L'arma, un'accetta di marca Haglöf, è stata lasciata sul luogo del delitto. La polizia non si è ancora pronunciata ma per il pomeriggio è stata fissata una conferenza stampa.

Richard Malmström lavorava alla sede periferica di Sveriges Radio da diciassette anni ed era una voce popolare e apprezzata in tutta la regione. La mattina di lunedì è arrivato come al solito al lavoro con la moglie Maria, anche lei dipendente della stazione radio. È entrato in uno dei due studi di trasmissione e come di routine ha cominciato a esaminare la playlist del suo programma. Alle sette e mezza, mentre dall'altro studio veniva trasmesso il notiziario nazionale, la moglie ha scambiato qualche parola con lui. Poi Richard Malmström ha chiuso la porta e subito dopo è partita la diretta del programma "Nerocaffè". La moglie è uscita dalla sede della radio e, insieme a una collega, è andata ad acquistare alcuni generi alimentari presso una stazione di servizio lungo la stessa via. All'interno del punto vendita il programma "Nerocaffè" veniva diffuso dagli altoparlanti e dunque la moglie è una dei tanti ascoltatori della regione ad aver sentito Richard Malmström interrompersi all'improvviso a metà di una frase ed esclamare: «Ma che cazz...». Poi si è udito un tonfo, probabilmente nell'istante in cui la lama colpiva la testa. Il conduttore ha emesso un gemito al microfono e, a giudicare dal rumore, è rovinato a terra. La moglie è corsa immediatamente alla stazione. Nell'ingresso, dal quale si vedono le porte di entrambi gli studi di trasmissione di Radio Nordest, si trovavano lo station manager Nils Boström, la centralinista Carina Sällström e il caporedattore Bengt Hedning. Anche loro riferiscono di aver sentito, insieme, che il programma s'interrompeva. Bengt Hedning è entrato nella sala di regia tra i due studi di trasmissione, dalla quale si vede attraverso una finestra lo studio di "Nerocaffè". Ha constatato che Malmström non era seduto al microfono ma gli è sembrato di scorgere una sagoma accasciata a terra. A quel punto, passando dall'ingresso, è entrato nello studio per vedere cosa stesse succedendo. Lo aspettava uno spettacolo raccapricciante. Il collega era steso sul pavimento con il cranio spaccato e accanto a lui c'era un'accetta insanguinata di marca Haglöf. Hedning ha immediatamente chiamato un'ambulanza e la polizia. Più o meno nello stesso momento è arrivata la moglie di Malmström che, sotto choc, è entrata di corsa nello studio e si è accasciata in lacrime sul corpo del marito. Poco dopo è stata soccorsa dal personale dell'ambulanza.

Radio Nordest sospenderà i programmi per l'intera giornata, limitandosi a trasmettere una striscia di musica funebre con un breve comunicato sull'accaduto.

Giornale radio "Eko" delle 12.30, lunedì 6 febbraio

...secondo le testimonianze raccolte, Richard Malmström era un conduttore apprezzato e un collega benvoluto da tutti. Nessuno dei dipendenti di Radio Nordest riesce a immaginare un movente per questo brutale omicidio, inspiegabile sotto ogni aspetto e soprattutto per le modalità in cui è avvenuto. L'assassino deve essere passato davanti a tre persone per poi entrare in una stanza chiusa, portare a termine l'omicidio e infine, probabilmente imbrattato del sangue della vittima, lasciare l'arma del delitto e ripassare davanti ai tre testimoni seduti nell'ingresso svanendo nel nulla...

Telegiornale del secondo canale, "Rapport", ore 18 (da un'intervista con il dirigente superiore di polizia Åke Björklund)

Intervistatore: Ma com'è possibile che accada un fatto del genere? Non esistono misure di sicurezza all'interno delle sedi della radio di Stato?

Björklund: Certo che esistono! La sede dispone di un sistema di allarme che include tutte le porte e le finestre e segnala l'eventuale passaggio di non addetti. Abbiamo controllato con l'agenzia di vigilanza responsabile. Sembra che nella serata di ieri alla stazione si sia verificato un imprevisto: intorno alle venti due guardie giurate hanno ricevuto una segnalazione dal sistema e sono giunte sul posto. Il portoncino non era chiuso a chiave e le due guardie hanno ispezionato con cura l'edificio senza trovare nulla di sospetto. Non c'era nessuno e i locali sono dunque rimasti vuoti fino alle sei di stamattina, quando è arrivato il redattore dell'edizione mattutina del notiziario. E nemmeno sembra che fino al momento dell'omicidio sia entrato o uscito qualche intruso. L'unica via di accesso alla stazione è rimasta per tutto il tempo sotto il controllo visivo di uno o più dipendenti.

Intervistatore: Questo significa che l'omicidio è stato perpetrato da uno degli operatori della stazione?

Björklund: È troppo presto per dirlo, ma anche circoscrivendo le ricerche tra i colleghi della vittima rimangono diverse domande aperte, e soprattutto una: come ha fatto l'assassino a entrare nel luogo del delitto, una stanza con le finestre dotate di allarme, chiuse dall'interno, e con tre testimoni davanti all'unica porta?

Intervistatore: Ha tutta l'aria di essere il classico enigma della "camera chiusa".

Björklund: Pare di sì. La polizia chiede di essere contattata da tutti coloro che hanno qualche osservazione da trasmettere intorno all'ora in cui è stato commesso il fatto e anche alla sera di domenica: chi è entrato nella sede della radio lasciando poi aperto il portoncino d'ingresso?

[*stacco al servizio successivo*]

Intervistatore (non più in trasmissione): Ma tutto questo è assurdo! Voglio dire, il fatto che nessuno abbia visto niente!

Björklund: Peggio ancora: settantamila persone hanno *sentito* qualcosa e che il diavolo mi porti se ciascuna di loro non avrà la sua teoria. E naturalmente ci telefonano tutti per riferircela. Neanche un testimone oculare ma settantamila fottutissimi testimoni auricolari! Sto andando fuori di testa!

9. Correnti sotterranee calde e fredde

A: jonas.mansson@norrlands.folkblad.se
Da: malla.vilhelm@radionordest.sr.se

Ore 11.45 In tutta fretta – immagino che tu abbia sentito il notiziario – sì, è vero. Richard è stato ucciso stamattina mentre trasmetteva in diretta, con circa settantamila testimoni, nessuno dei quali ha visto niente, e io sto male al solo pensiero di quello che ti ho scritto qualche giorno fa: che ci sarebbe voluto un bell'omicidio o qualcosa del genere su cui fare uno scoop per riuscire a tenermi il posto. Lo so che hai capito cosa intendevo e che l'ultima cosa che desideravo era una vicenda del genere, perché a dirla tutta è il casino più orribile in cui mi sia mai trovata.

Non capisco come tutti i personaggi dei polizieschi agiscano sempre con calma e metodo: un attimo dopo il fatto cominciano con gli interrogatori e passano sistematicamente in rassegna dove si trovavano questo e quello al momento dell'omicidio, e così via. Qui a Radio Nordest è un manicomio vero e proprio, fin da stamattina. Naturalmente la polizia è sul posto e fa quello che deve fare, fotografa quel poveretto lì dentro, traccia linee con il gesso, delimita la zona con il nastro segnaletico e ci interroga separatamente. Non possiamo ancora lasciare i locali: l'unica che è andata via è MaMa. Nisse Boss è sul divano dell'ingresso con le mani sul viso e non fa che dondolarsi avanti e indietro, ormai da diverse ore. Non è esattamente uno che governi la nave con mano ferma quando infuria la tempesta. Bengt Hedning scorrazza in giro importunando tutti e gridando: «Ma dobbiamo fare qualcosa su questa faccenda, bisogna *agire* prima che se l'accaparrino i giornali, è una cosa nostra...». Lo troviamo tutti insopportabile e poco fa Carina gli ha lanciato contro un pesante perforatore da ufficio, ululando istericamente. L'ha mancato, altrimenti la polizia si sarebbe ritrovata un altro caso di cui occuparsi.

Tra l'altro non si può certo dire che Carina abbia mantenuto un comportamento dignitoso. Sono consapevole delle emozioni che questa cosa deve aver scatenato in lei, se Richard era il suo Amore Segreto, ma questo non la scusa per la reazione che ha avuto nei confronti della povera MaMa.

No, così non va. Bisogna che cominci dall'inizio.

Il mio fine settimana è stato piuttosto squallido: l'unico evento degno di nota è stato l'avvistamento, davanti alla stazione ferroviaria, di Carina e Richard che se ne stavano a limonare nella macchinona di Papa, nel tardo pomeriggio di domenica. (Immagino di doverlo raccontare alla polizia). Ma domenica sera è successo qualcosa di davvero incomprensibile, e ho cominciato a chiedermi se può avere qualche collegamento con quello che è accaduto oggi. Intorno alle sette sono stata un'oretta alla stazione, ad ascoltare la radio e cazzeggiare. Stavo giusto per andare nell'ingresso per portarmi via qualche giornale da leggere a casa (qui si ricevono tutti i giornali e le riviste che esistono e non c'è mai nessuno che li legga, e quindi considero una buona azione risparmiare almeno in parte quest'incombenza ai miei colleghi). Aprendo la porta ho visto – Jonas, fino a questo momento tu mi avresti definito una psicolabile? – un fantasma che scivolava sul pavimento dell'ingresso, diretto alla scala del seminterrato. Era buio ma non completamente, visto che negli angoli qualche lucina è sempre accesa, e io venivo da uno studio illuminato a giorno, ma comunque! Quella che ho visto, insomma, era una figura avvolta in qualcosa di bianco che la copriva interamente, e che senza gambe e senza fare rumore è scivolata fino alla scala per poi imboccarla! (L'ho vista, l'ho vista. *L'ho vista!*). E non m'illudo neanche per un momento che fosse qualcosa di soprannaturale, ma cosa diavolo era?

/invio/

A: jonas.mansson@norrlands.folkblad.se
Da: malla.vilhelm@radionordest.sr.se

Ore 14.27 Prima mi sono dovuta interrompere. Era venuto a prendermi un poliziotto, anzi, in questo caso una poliziotta, per il primo interrogatorio. Siamo andati nell'ufficio di Nisse Boss. Di nome si chiama Felicia ma sarebbe stato più appropriato Arcigna. Non è una con cui scherzare. Non che sia scortese, ma ha un modo di fissare in silenzio la gente mentre parla che finisce per farti agitare e cominciare a ritrattare e incasinarti. E considera che io non ho niente di particolare da nascondere! Anzi sì, una cosa: non ho detto niente del fantasma di domenica sera. Mi avrebbe bollato subito come una mitomane inaffidabile, e poi sicuramente non c'entra nulla con quello che è successo. Tra l'altro non è stato difficile tacere l'episodio: non mi ha fatto domande in proposito perché non ne sapeva niente (anche se capisco benissimo che prima o poi l'agenzia di vigilanza le dirà qualcosa sulla porta lasciata aperta, ma se ne riparlerà allora). Mi ha soltanto chiesto cos'era successo la mattina e io gliel'ho raccontato.

Sono arrivata alla stazione sul presto (per controllare com'era la situazione, se il portoncino era ancora aperto e così via, e per darmi un tono e mettere insieme un notiziario sorprendentemente ben fatto, nell'eventualità di essermi sputtanata con il falso allarme alla centrale della vigilanza. Mi segui?) Ero lì prima delle sei, e ovviamente sono stata la prima a entrare.

Fuori la temperatura era a meno diciotto, la neve fresca, il parcheggio non spalato. Con un po' di slancio mi sono infilata nella neve smossa, ho lasciato la macchina di traverso e mi sono messa ad armeggiare con il cavo del riscaldatore motore.

Poi, cauta, mi sono avvicinata al portoncino d'ingresso. Era chiuso, e a chiave, il che significava che qualcuno era stato lì. Probabilmente, l'agenzia della vigilanza. (Panico!).

Aprire ed entrare nell'ingresso buio non è stato *affatto* piacevole. Mi sono messa a canticchiare a voce alta, mi ricordo persino cosa:

Bunda bunda bunda bunda bunda bunda bunda
Seraspanda seraspanda seraspanda rezezé
Seraspanda seraspanda seraspanda rezezé
Aori-é, aori-bundi-é
Aori-bundi-rezezé ossi possi ié!

Era una canzoncina pseudoafricana che ci avevano insegnato alla scuola materna all'epoca in cui le maestre portavano la kefiah e i tipici stivali lapponi con la punta rivolta verso l'alto e ci insegnavano presunte canzoni del Terzo Mondo. Quando cerco di convincermi di essere di buonumore mi metto sempre a urlarla.

(Lo vedi quanto sono fuori. Un omicidio... sì, ammetto che sono in una specie di stato di choc. Sono cose che succedono solo nei film, ti viene da pensare. La percezione della realtà soccombe, il pavimento ondeggia... qualcuno può essere così gentile da premere il tasto pausa?).

La prima cosa che ho fatto entrando è stato aumentare il riscaldamento. Carina, che è piuttosto freddolosa, mi ha fatto vedere dove si trova il termostato, cioè accanto all'armadietto con la chiave dell'allarme. Mi sembrava che dentro facesse un freddo boia: dipendeva dal gelo di fuori o dal fatto che la porta poteva essere rimasta spalancata nel corso della notte? Non volevo pensarci.

Mi sono seduta alla mia minimalista scrivania al piano superiore, mi sono collegata alla Rete e ho cominciato a controllare le agenzie arrivate durante la notte. Verso le sei e venti ho visto la Saab grigio argento di Richard e MaMa infilarsi nel parcheggio sul retro slittando sui cumuli di neve. Sono scesi entrambi dalla macchina. MaMa aveva il turno antimeridiano come tecnico in stand-by, Richard comincia sempre il suo programma mattutino "Nerocaffè" alle sette e mezza.

A dire il vero però di solito non viene così presto, insieme a lei: MaMa arriva all'alba a bordo di una vecchia Toyota scoppiettante e lui si presenta sgasando in moto o sulla Saab argentea tre minuti prima dell'inizio della trasmissione, solo per far vedere quant'è fico. Però immagino che a meno diciotto la Toyota abbia scioperato, e a cavalcioni della moto lui si sarebbe trasformato istantaneamente in un blocco di ghiaccio.

Sono andata avanti con il lavoro sulle agenzie per il notiziario regionale delle sette, e intanto al piano di sotto i due Malmström sono entrati e hanno cominciato a occuparsi delle loro faccende. Non è che si senta tanto da un piano all'altro.

Se vuoi sapere qualcosa del mio stato d'animo in questa infausta giornata posso dirti questo: trasalivo al minimo rumore. Già al momento di entrare nell'ingresso mi era sembrato di sentire uno scoppiettio dalla scala del seminterrato, come se un motore fosse stato spento e riacceso là sotto. Un motore? Mi sono concessa di fregarmene. Verso le sei e mezza i vetri della finestra hanno avuto uno scossone a causa di una folata di vento e io ho fatto un salto sulla sedia e ho cancellato per sbaglio un lungo testo sullo smantellamento di un consultorio. Così, come al solito, mi sono ritrovata ad avere una fretta da panico. Poco prima delle sette ero talmente nervosa e agitata che mi è sembrato sul serio di udire delle grida femminili da chissà dove... Sarà stata MaMa che ha visto il solito topolino della stazione, ho pensato spavalda.

All'ultimo minuto sono corsa giù nello studio uno, il Loculo, sono andata in onda e alle sette ho trasmesso il mio primo breve giornale radio, un minestrone di avanzi di ieri, titoli di giornali locali e agenzie stampa. Il tutto decorato a puntino da un paio di bocconcini che avevo preparato io e che mi ero tenuta da parte dopo che Hedning me li aveva spietatamente cassati ieri.

MaMa era nel Budello e mi ha salutato e sorriso da dietro il vetro, e quando ho messo su un disco e spento la spia rossa della trasmissione è entrata sbadigliando. «Io e Richard abbiamo saltato la colazione!» ha detto. «Però alla Statoil aprono alle sette e mezza... che dici, andiamo a comprare un po' di roba per ravvivare la riunione mattutina con uno spuntino come si deve? Hanno cominciato a vendere le ciambelle con la glassa al cioccolato!».

Ho annuito e lei è tornata nel Budello e ha avviato una cassetta con una lunga e prolissa intervista con un tipo eccentrico di queste parti che scolpisce nodi di betulla e che sarebbe durata fino alle sette e mezza.

Quando, poco dopo le sette, sono uscita dal Loculo, era cominciato il primo turno. Carina, che aveva appena preso servizio al centralino, aveva al seguito Deiv, seduto alle sue spalle e tutto preso a girare su se stesso sulla poltroncina. Era penosamente chiaro che stava lì perché Carina non fosse indotta in tentazione nel caso fosse rimasta sola con Richard. Poi c'era Benke Hedning, che mi ha apostrofato quando si trovava ancora a cinque metri di distanza: «Ah ah! Com'è che oggi sei in orario? O sei rimasta qui da venerdì?».

Dà per scontato che tutti i praticanti si abbandonino al sonno per non risvegliarsi mai più appena non c'è lui a prenderli a calci. In parte ha ragione. Ma, per quanto a malincuore, deve contare sul fatto che quando tocca a me io sia lì e mandi in onda il notiziario mattutino. Se poi dovessi sbagliare qualcosa non gli spiacerebbe neanche, perché avrebbe un pretesto legittimo per sfogare il suo pessimo umore. Quando non ci sono praticanti a portata di mano, tende a prendersela con il distributore automatico del caffè.

(Perdonami la prolissità e le digressioni, Jonas. È tutta colpa di Arcigna: ha insistito perché mi sforzassi di ricordare fino all'ultimo dettaglio).

Sono salita in redazione e ho cominciato a controllare se era successo qualcosa nei distretti di polizia della regione, ho fatto due chiacchiere con il meteorologo dell'aeroporto di Kallax... be', insomma, lo sai. Sono tornata giù nello studio uno e ho trasmesso qualche telefonata in diretta sul freddo record nell'entroterra. Dovevano essere le sette e un quarto o giù di lì. MaMa era ancora nel Budello e attraverso il vetro ha mimato a gesti una fame travolgente, al che ho sentito i villi intestinali che cominciavano a sussurrare: "Ciambelle! Ciambelle!... Con la glassa al cioccolaaaato!".

Richard non si vedeva da nessuna parte, ma non ci ho fatto caso più di tanto. Sicuramente era nello studio due. Quando non è in diretta in genere ha l'abitudine di appoggiare le sue lunghe gambe avvolte nei jeans su qualche scrivania, allacciare le mani sul petto e abbassare il mento – gli manca solo il cappello da cowboy – per poi cadere addormentato. O almeno fingere di farlo: se ti giri di scatto vedi i suoi occhi socchiusi che ti seguono nella stanza. (Vedevi, volevo dire. Vedevi!).

Ho rivolto un pensiero affettuoso a Sam e Tom che forse in quel momento erano a bordo di una slitta trainata da cani a meno trenta e armeggiavano con dita congelate con il loro trasmettitore in HF: avevano promesso un servizio per "Nerocaffè". Ricordo di aver pensato che è facile vedersi davanti agli occhi le caleidoscopiche ed esotiche manifestazioni estive di Gay Pride in una grande città, con schiere di bei ragazzi truccati, mentre lo è decisamente meno immaginarli imbacuccati nelle giacche Fjällräven, con il naso rosso e tutti intirizziti, in una buia mattina invernale dell'entroterra del Norrland.

Insomma, ricordo con estrema chiarezza *tutto* quello che ho pensato e visto prima dell'omicidio: ciambelle ricoperte di cioccolato, finocchi con il naso rosso, un breve flirt mattutino con il meteorologo di Kallax... si dice che succede così anche in caso di incidenti: il ricordo dei particolari che precedono l'attimo fatidico è cristallino.

Sono corsa di nuovo su in redazione, passando davanti al gabbiotto di vetro di Haqvin, immerso nella sua sublime immobilità con le cuffie sulle orecchie e i fendinebbia persi nel vuoto.

Benke era in preda a un'estasi lirica per la sensazionale svolta subita dalla questione della nuova ciclabile: sembra che lungo il tracciato progettato, a un incrocio pericoloso, fosse stato investito qualcuno. Si è messo a telefonare a un membro della commissione mobilità dopo l'altro e a giudicare dalle voci stridule che uscivano dalla cornetta nessuno di loro era troppo entusiasta di discutere della faccenda prima di colazione.

Neanche io avevo avuto il tempo di mangiare. Quando ho cominciato a vedere ciambelle grondanti cioccolato sulle agenzie che scorrevano sul mio schermo ho deciso che era venuto il momento. Avevo messo insieme materiale sufficiente per il notiziario delle otto, e anche la situazione del traffico e il meteo erano pronti. Tanto, Benke si sarebbe sicuramente accaparrato almeno metà del tempo per il suo feuilleton sulla ciclabile. Aveva intervistato tante di quelle persone lungo il percorso che ormai quella storia cominciava a somigliare a una telenovela.

Sono tornata giù e mi sono infilata il piumino imbottito nell'angolo dell'attaccapanni. MaMa era sulla porta dello studio due e parlava con Richard. Con una voce insolitamente allegra gli ha chiesto sorridendo: «Cosa ti compro, tesoro? Vuoi qualcosa di caldo?».

Anche il profondo baritono di Richard suonava divertito quando, dall'interno, ha risposto: «Mi fido di te, zuccherino! Lo sai cosa mi piace…».

Una frase un tantino a doppio senso, e infatti credo proprio che MaMa sia arrossita, ma soprattutto mi ricordo un piccolo gesto al lato opposto dell'ingresso, dove Carina era seduta al centralino. Evidentemente aveva sentito anche lei e, sorpresa, era rimasta con una mano a mezz'aria, lo sguardo bruciante puntato sulla schiena di MaMa. Ricordo di aver pensato che se si era illusa di aver conquistato Richard per rinuncia dell'avversaria probabilmente aveva fatto male i suoi calcoli. Nello scambio di battute tra MaMa e Papa c'era un inequivocabile tono da colombelle in amore.

«Cosa ti piacerebbe mettere sotto i denti?» ha chiesto lei.

«Tu che dici?» ha riso lui. «E magari, dopo, un dolcetto…». La sua voce è scivolata come melassa oltre la soglia dello studio. Carina boccheggiava a vuoto come un pesce fuor d'acqua.

MaMa gli ha lanciato un bacio e si è chiusa bene la porta alle spalle. Poi è andata all'attaccapanni con un sorriso sognante sulle labbra. Credo che non si sia neanche accorta che Carina la fissava con il mento all'altezza del push-up.

Dall'apparecchio costantemente acceso posizionato sul banco del centralino si è sentito che il giornale radio nazionale stava finendo. Richard aveva acceso la spia della diretta sopra la porta dello studio. È partita la sigla di "Nerocaffè" (melliflua musica d'archi mixata con il rumore di una macchinetta del caffè) e poi la melassa ha ripreso a scorrere, questa volta attraverso la radio, su di noi nell'ingresso e sui settantamila ascoltatori del quarto canale, nelle loro case e nelle loro auto: «...Eccoci di nuovo qui, miei cari amici, per trovare insieme un po' di calore in questa gelida mattina... con qualche chiacchierata, gli ardenti ritmi della salsa e una grossa tazza di *Nerocaffè*...». Ha fatto partire un disco di salsa e io e MaMa siamo uscite dal portoncino allacciate ballando a ritmo di musica, pronte ad andare a comprarci una colazione luculliana al negozietto del distributore. Sulle guance di MaMa erano ancora disegnati due pomelli accesi, aveva gli occhi che brillavano e sembrava quasi esaltata. Ero contenta per lei, considerando che da quello stronzo aveva dovuto subire un bel po' di palate di merda. Possibile che il vento stesse cambiando? Ricordo perfettamente di essermi fatta proprio questa domanda.

Mi sembra che siano passate settimane, considerando quello che è successo dopo. E perché mai mi perdo in tante parole solo per raccontare quello che c'è stato *prima*?

Jonas, luce dei miei occhi, credo che dipenda dal fatto che non sopporto di ripensare a quello che abbiamo visto io e MaMa quando siamo tornate alla stazione dopo aver fatto la spesa alla Statoil. Non riesco ancora a scriverlo.

E adesso Arcigna è di nuovo qui che vuole parlare con me. Dopo cercherò di telefonarti!

/invio/

10. Dal gabbiotto di vetro – III

Quando sono arrivato al lavoro, subito dopo le sette, sono stato investito come da una nebbia, un'esalazione densa e velenosa che mi ha avvolto già nell'ingresso.

Non riuscivo a capire cosa fosse.

Avevo l'impressione che i miei colleghi mi passassero accanto al rallentatore, come pesci in un acquario, le bocche che si muovevano senza che io sentissi cosa dicevano. Nella mia testa c'era solo rumore, un trapano sibilante, il tonfo di un albero che cadeva, uno schiacciasassi che riduceva in polvere la mia ragione.

Mi sono affrettato a salire nel mio ufficio di vetro senza neanche togliermi il cappotto, mi sono seduto e ho indossato le cuffie. Con mani tremanti ho messo su l'unica musica in grado di calmarmi nelle situazioni davvero difficili: la Danza degli spiriti beati *di Gluck.*

Lentamente, i rumori si sono attutiti, ma al loro posto sono arrivati i pensieri degli altri, aleggiandomi accanto come volute di fumo. Sotto tutto quanto c'era l'irrequietudine, quella grande e nera che non riuscivo a penetrare.

...CE LA FARÒ, CE LA FARÒ... LO ODIO, ODIO, ODIO... DIO MI AIUTI...

E poi qualcun altro, vicinissimo, credo fosse Malla che trafficava intorno ai ripiani delle riviste fuori dalla redazione...

...PRIMA O POI DOVRÒ DIRLO... NON MI CREDERÀ NESSUNO... CHE CAZZO DICO... CHE MI SONO SOLO DIMENTICATA, MAGARI? FAREI LA FIGURA DELL'IMBECILLE, MA DELL'IMBECILLE INNOCUA...

Da qualche parte al piano di sotto si è inserita un'altra voce, con un sospiro soddisfatto...

...PRIMA ANDIAMO DA QUALCHE PARTE DOVE FA CALDO E DOVE POSSIAMO RIPOSARCI UN PO' MENTRE QUI PASSA LA TEMPESTA... MI PORTO IL COMPLETO GIACCA E PANTALONI, QUELLO ROSA... MMM... SAPRÒ FARTI DIMENTICARE...

Poi un coro di strani pensieri amareggiati che s'intrecciavano l'uno nell'altro:

...MI FREGHERÀ E IO NON POTRÒ FARCI NIENTE, SI È TUTELATO SOTTO TUTTI I PUNTI DI VISTA...

...CAZZO CHE ARIA SODDISFATTA CHE HA QUELLA. ASPETTA E VEDRAI CHE TE LO TOLGO IO QUEL GHIGNO DALLA FACCIA...

...MA COSA STO FACENDO? NON HA SENSO, AVRÀ QUELLO CHE VUOLE LUI...

...VORREI MA NON NE HO IL CORAGGIO, ODDIO, VORREI MA NON NE HO IL CORAGGIO...

Sono rimasto lì seduto per una ventina di minuti cercando di lavarmi l'anima nella musica e riassumere il controllo dei miei pensieri portandoli sulle incombenze della giornata. Ma era impossibile lavorare. Neanche Gluck è riuscito a fare qualcosa per me. Cosa stava succedendo?

Mi sono alzato, sono uscito dal mio gabbiotto e sono sceso al piano terra almeno per togliermi il cappotto. Mi sono bloccato davanti all'attaccapanni e mi sono guardato intorno con una sorta di impressione di jamais-vu*: dove mi trovo, sono mai stato qui prima d'ora?*

Ho sentito dei passi dal seminterrato ed è spuntato Nisse con un grosso sacchetto di plastica in mano, la giacca bagnata di neve mezza sciolta. All'angolo della bocca aveva una chiazza rosso scuro. Quando mi ha visto è trasalito: ho percepito intorno a lui un'aura di nervosismo e la mano che teneva il sacchetto è corsa dietro la schiena. Pover'uomo! Evidentemente era entrato dall'ingresso del seminterrato, quello che d'inverno usiamo raramente perché la neve davanti alla porta non è quasi mai spalata.

Dietro il banco del centralino c'era Carina, un sorrisetto sulle labbra. «Ma Nisse!» ha esclamato civettuola. «Di' a Kristin di cambiare rossetto! Quello è il colore dell'anno scorso! E la prossima volta ricordati di far sparire le tracce del bacino del buongiorno prima di venire al lavoro!». Nils non ha neanche risposto al sorriso: si è infilato nel bagno del piano terra e l'ho sentito far scorrere l'acqua nel lavandino.

David, seduto alla sua postazione dietro Carina, si è girato sulla poltroncina da ufficio e l'ha fissata senza batter ciglio. Non l'avevo mai visto con un'espressione tanto infelice. Non si era sbarbato e aveva i vestiti stazzonati, come se ci avesse dormito dentro. Si è alzato di scatto e ha borbottato qualcosa a proposito della necessità di spostare gli spinotti in seminterrato per poter stabilire il collegamento in HF *con Samuel e Tomas. Poi ha infilato la scala, ma credo che Carina neanche l'abbia sentito. I suoi occhioni azzurri erano persi da qualche parte all'altezza del lampadario.*

...ORMAI NON PUÒ PIÙ TIRARSI INDIETRO... AVEVAMO DETTO... LE MALDIVE...

Mi è venuto l'impulso improvviso di scendere in seminterrato con David: là sotto c'era la risposta a una domanda che non sapevo formulare. Qualcosa mi ha sospinto verso la scala, cercando di farmi abbassare la testa e fiutare la pista, come un segugio.

Nello stesso tempo ho sentito che quella cosa nera e sgradevole e gli stritolii e sgretolii nella mia testa si erano affievoliti. Forse ero di nuovo ricettivo nei confronti della mia musica?

Sono tornato lentamente nel gabbiotto e ho cominciato a procedere per tentativi. Jazz su piano di Bill Evans: forse, come cerchi sull'acqua in un laghetto immobile. Musica rinascimentale per flauto e liuto. Ho concentrato tutti i miei sensi su quello che avevo per le mani e piano piano ho ritrovato la calma. È paradossale pensare che proprio nel momento in cui sentivo che l'irrequietudine era venuta meno, qualcuno là sotto massacrava Richard con un'accetta. Un'azione del tutto incomprensibile. E ancora più incomprensibile è che non abbia provocato la minima risonanza dentro di me, neanche un'increspatura sulla superficie della mia anima. Anzi sì, subito dopo – ho avvertito il ronzio di decine di mi-

gliaia di persone in ascolto, simile a quello di api in un alveare – ma nell'attimo cruciale… nulla.

Poi nel mio vuoto tanto faticosamente conquistato sono irrotte le emozioni, le emozioni di tutti quelli che avevano odiato o amato Richard. In un'unica, grande ondata. È stato troppo. Per la prima volta da quando, bambino, ho scoperto il mio dono, sono svenuto.

11. «C'è il silenzio radio! Fate qualcosa!»

A: jonas.mansson@norrlands.folkblad.se
Da: malla.vilhelm@radionordest.sr.se

Oh Jonas, Jonas mio, dove sei? Perché non ti ricordi *mai* di caricare il cellulare? Sono così stanca di quel messaggio: "Al momento Jonas Månsson è in altre faccende affaccendato, probabilmente è a una riunione di redazione o sta intervistando un ministro. Ritentate più tardi oppure lasciate un messaggio". E neanche ascolti la tua segreteria telefonica, lo so per certo. Solo che oggi avrei proprio avuto il bisogno di sentire la tua voce, non solo di scriverti.

Perché non ho mai assistito a niente di più triste e sconvolgente di quando MaMa ha capito che suo marito era stato assassinato. Eravamo lì davanti allo scaffale del pane del distributore della Statoil, intente a scegliere tra due tipi di pane bianco morbido, quando la radio appoggiata su una mensola si è zittita all'improvviso. Nel negozietto non ha reagito nessuno, nemmeno io: solo MaMa. È rimasta in piedi, irrigidita, con il pane a metà tra lo scaffale e il cestino, ascoltando e basta. Più o meno come quando giocavamo a "un due tre stella" da bambini. E allora mi sono bloccata anch'io e ho ascoltato.

La reazione di MaMa è stata fulminea, perché abbiamo fatto in tempo a sentire un soffocato, sbigottito «Ma che cazz...» e poi il raccapricciante tonfo dell'accetta – presumibilmente – che gli fendeva il cranio e il gemito quando Richard si è accasciato contro il microfono, e infine il fracasso della caduta a terra in cui ha trascinato con sé la poltroncina. MaMa ha emesso una specie di guaito, come un cucciolo spaventato, ha lasciato cadere il cestino pieno sul pavimento e si è precipitata alla porta. L'ho seguita mentre il tipo della Statoil sbottava da dietro il bancone: «Ma che diavolo...?». Abbiamo fatto di corsa tutta la strada fino alla stazione, impiegando non più di un paio di minuti.

Benke era appena uscito dallo studio due e, pallido come un cadavere, stava armeggiando con i pulsanti del telefono. Carina era in piedi al centro dell'ingresso, rigida come un manichino. Muoveva solo gli occhi, e quando MaMa le è passata davanti di corsa li ha socchiusi.

David è arrivato su dal seminterrato a grandi passi. «Che cosa succede?» gridò. «Perché cazzo si è interrotta la trasmissione? C'è il silenzio radio! Fate qualcosa, per la miseria!».

Nisse Boss gli si è avvicinato muovendosi a scatti e gli ha appoggiato le mani sulle spalle. Evidentemente da qualche parte del suo cervello si aggirava l'idea confusa che toccava a lui prendere le redini della situazione.

«Stai calmo, David!» ha detto. «È successa una disgrazia. A Richard».

Poi è andato da Carina, le ha messo le mani sulle spalle e ha cercato di convincerla, come David, a mantenere la calma. Lei se l'è scrollato di dosso come una mosca e Nisse è andato barcollando al divano e ha nascosto il visto tra le mani.

Dallo studio di Richard si è sentito un urlo, un grido prolungato e lamentoso come il richiamo di un uccello che sorvola un'insenatura deserta. MaMa si era gettata sul corpo di Richard riverso a terra. Piangeva e balbettava e rideva e parlava come in preda al delirio, il viso e le mani sporchi di sangue.

All'inizio ho pensato che fosse stato lui a farle del male in qualche modo, poi ho visto l'accetta accanto a loro sul pavimento e di colpo ho capito cos'era successo. Se avessi avuto un qualche genere di colazione nello stomaco, in quel momento avrebbe preso l'ascensore. Invece mi sono ficcata in bocca il pollice come una cretina e ho lanciato un'occhiata implorante a Nisse Boss, regredendo a una sorta di stadio da scolaretta e sentendomi, lì in piedi dov'ero, assurdamente colpevole. Cos'ho fatto entrare qui dentro durante la notte? ricordo di essermi chiesta. Doveva esserci in giro un pazzo scatenato...

Deiv, che era rimasto paralizzato a grattarsi la barba lunga, ha improvvisamente reagito con un automatismo e, entrato a grandi passi nello studio, ha spento il collegamento. Sembrava che per lui fosse importante. Poi ha cercato di circondare con un braccio il suo manichino rigido, ma lei l'ha guardato come se non l'avesse mai visto prima.

«Sei stato tu?» ha chiesto.

«Sì» ha risposto Deiv. «Qualcuno doveva pur farlo».

«Bastardo!» ha gridato lei. «Brutto bastardo d'un tirchio! Pensavi che sarei tornata da te?».

Deiv l'ha guardata, allucinato. Lentamente, nella sua mente si sono chiarite diverse cose.

«No, no, voglio dire che sono stato io a spegnere il collegamento, l'ho fatto perché era necessario, non possiamo far andare avanti la trasmissione, viste le circostanze, e non c'è nessuno che parla, volete mettere su un pezzo oppure... Che cazzo intendi dire con "tornata"?».

Lei gli è praticamente passata attraverso, diretta alla porta dello studio. Dietro di noi sentivamo le frasi smozzicate e incoerenti di Benke al telefono: «Sì, un'ambulanza a Radio Nordest, *adesso*, forse è morto, non so se sia morto, comunque non sta affatto bene! Sì, *cazzo*, qualcuno gli ha sferrato un colpo con un'accetta, che ne so, sì, ho chiamato la polizia!».

Carina si è piazzata sulla soglia dello studio fissando MaMa che gemeva e singhiozzava ancora istericamente: «Su, amore mio, vedrai che si sistema tutto, te l'avevo detto di stare attento... non avresti dovuto ma tra poco arriva il dottore, oh amore, come hai potuto?».

Sembrava quasi che lo accusasse di essersi tolto la vita da solo.

Carina si è messa a ringhiare. Sì, a ringhiare come un animale, perché il ringhio è partito dal profondo della gola per poi risalire vibrando, fino a esplodere in un urlo: «Lascialo stare e spostati! Non era tuo, stupida vacca, era mio! E naturalmente tu non potevi sopportarlo!».

MaMa si è girata piano, con la testa semispappolata di Richard premuta contro il petto. Uno spettacolo di un orrore indescrivibile, come qualcosa che uno vede alla tele e si affretta a far sparire cambiando canale. La sua maglietta azzurra con la scritta bianca RADIO NORDEST era tutta imbrattata di sangue, rosso-bianco-azzurro come i colori di una bandiera. Ha guardato Carina, muta.

«Dovevamo partire insieme!» ha gridato lei. «Perché era me che amava, ecco! Una vecchia strega come te... cosa ne sai tu dell'amore? Lo volevi soltanto per mettergli le mani addosso, come marito addomesticato, solo perché non potevi avere figli! Lo so, sai? Me l'ha detto! Ed era stufo marcio di te, capisci? Stufo marcio! Mi chiamava il suo esi... *esilir* di lunga vita! E quindi non fare tante scene, capito!».

Perché nessuno di noi le ha dato un ceffone portandola via di lì? Siamo rimasti tutti immobili, con le teste che ruotavano da una all'altra come se assistessimo a un'assurda partita di tennis e fossimo sul forty deuce. Ma d'un tratto qualcuno è intervenuto.

Haqvin Storfjell, sceso dal piano di sopra, è andato, anzi, ha inceduto fino a Carina, le ha preso il gomito in una morsa di ferro e con la sua manona l'ha semplicemente condotta via da MaMa, riportandola al suo posto dietro il centralino.

«Seduta!» ha intimato. «E stai ferma e in silenzio!». Non avevo mai riflettuto sul timbro profondo della sua voce. Sembrava che stesse doppiando un film dell'orrore di quelli tosti.

Lei non si è limitata a sedersi: è rovinata sul centralino, che lampeggiava e ronzava, con spie accese da tutte le parti.

Di colpo Deiv ha fatto un salto, si è portato una mano all'orecchio e ci ha fissati con aria ebete. Aveva l'auricolare.

«Sono Sam e Tom!» ha detto. «Chiedono se possono fare il loro servizio adesso, dalla slitta su cui si trovano con gli altri gay. Cosa dico?».

Nisse Boss ha smesso di dondolarsi per un attimo.

«Di' che non è il momento!» ha risposto infastidito, più o meno come se qualcuno si fosse comportato in maniera sconveniente. Suonava quasi come: "Non è il momento di parlare di finocchi, qui abbiamo un omicidio!".

D'altra parte era in stato di choc, come tutti noi del resto.

E in quel momento esatto davanti al portone si sono fermate tre auto della polizia con i lampeggianti accesi. L'ingresso sembrava pieno di poliziotti. Nel giro di un minuto scarso hanno preso il comando e all'idea di poter passare il testimone Nisse Boss sembrava sollevato come un bambino. Si sono subito assicurati che nessuno dei presenti uscisse dall'edificio, hanno cominciato a ispezionare sistematicamente tutti i locali, dal seminterrato al piano superiore, e ci hanno portato in disparte uno alla volta per interrogarci. Continuavano a entrare altre persone che misuravano, fotografavano e cercavano impronte digitali. Nel bel mezzo del casino è arrivata l'ambulanza per portare via Richard, ma dato che la polizia non voleva che lo spostassero prima di aver finito con le fotografie si sono presi MaMa, staccandole a forza le dita dalle mani di Richard, che gli aveva incrociato sul petto. Gli aveva anche chiuso gli occhi. I suoi discorsi confusi si erano stemperati in un lamento sordo e ininterrotto, ma ha seguito docile gli addetti dell'ambulanza.

Dopo ripetuti tentativi di avvicinarsi a Carina, che lo scacciava a sberle, Deiv si è arreso e ha cominciato ad assistere la polizia come un cucciolo ansioso di compiacere il padrone, correndo a prendere cose che pensava potessero tornare utili: la scaletta dei brani che Richard avrebbe seguito durante il programma, la lunga intervista con il tizio dei nodi di betulla, persino la pila di cd che Richard avrebbe messo su. Insomma, tutta roba di poco o nessun interesse per la polizia. Alla fine però gli è venuta la brillante idea di dare loro la cassetta di backup, quella che le emittenti sono obbligate a conservare per legge dopo la trasmissione, con il programma della mattina. Una poliziotta, che si è presentata scandendo sull'attenti: «Munter! Felicia! Ispettrice!» si è presa Deiv e me – assodato che non ero presente al momento dell'omicidio – e ci ha portati in uno studio per sentire la registrazione e chiederci i nostri commenti. Abbiamo ascoltato la cassetta fino al punto in cui Richard smette improvvisamente di parlare: «...molto a cui pensare una mattina come questa, voglio solo mettervi in guardia... tenete a portata di mano i cavi di avviamento, fa un freddo cane... e non dimenticate le mutande lunghe... ma... (leggero fruscio, pausa)... che cazz... (*Blotch!* rumore indescrivibile, come un'accetta che si conficca in un ceppo bagnato)... *uuuoooohhhh*... (gemito e debole rantolo)». Poi uno stridio penetrante, tanto forte da farci trasalire.

«È il microfono» ha detto David laconico. «Dev'esserci caduto sopra. Era tutto storto e la cuffia era scivolata via».

Poi si sente Richard franare a terra, apparentemente con una certa lentezza: una specie di slittamento e un tonfo leggero, un *clic* sul nastro nel momento in cui urta la base del microfono. Poi scatti e fruscii e strofinii seguiti da un silenzio di alcuni lunghi minuti. Infine una porta che si spalanca: in realtà è insonorizzata e quindi non fa rumore, ma l'intera immagine sonora della stanza si modifica e in sottofondo si percepisce il brusio dell'ingresso. Si sente un'inspirazione improvvisa dalla soglia e un «Ma che diavolo...» di Benke, poi i suoi passi e un mormorio incomprensibile di voci concitate da fuori. Mi sembra di distinguere un «L'hanno fatto fuori!» di Benke.

Dopo un altro minuto circa si sentono di nuovo dei passi frettolosi, questa volta devono essere di MaMa. Un paio di scatti e d'un tratto un urlo scioccato, il suo parlottio sconnesso a distanza, come se fosse dentro un barattolo. Il nastro va avanti così per un pezzo, finché si sentono altri passi, un nuovo *clic* e poi silenzio.

«A quel punto ho interrotto la trasmissione!» ha detto Deiv. «La cassetta di backup ha continuato a girare fino a un attimo fa, ma non ha registrato altro».

«C'è qualcosa, in questa registrazione, che avete notato?» ha chiesto l'ispettrice di polizia Munter Felicia. «Qualcosa che non vi aspettavate di sentire, oppure qualcosa che non avete sentito ma avrebbe dovuto esserci?».

Deiv e io ci siamo guardati.

«Noooo...» ha risposto Deiv. «Be', qualche scatto e qualche fruscio quando MaMa è entrata nella stanza, immagino che abbia toccato anche lei il microfono... è entrata come una furia e si è gettata su di lui. Non ci capisco niente! Avete visto com'era conciato?».

Sia io che la Munter abbiamo annuito. Ho avuto l'impressione che fosse pallida anche lei, e in effetti non è che questa cittadina pulluli di gente con la materia grigia sparsa a mezzaluna intorno alla testa.

«La polizia analizzerà l'immagine sonora con maggiore precisione in laboratorio» ha detto la Munter con un gran tono d'importanza. («Noi della polizia abbiamo *laboratori* e *cervelli fini*, voi invece producete soltanto un po' di primitive immagini sonore!»).

Però credo di essere stata ingiusta. Ho ancora la sensazione di trovarmi in un film. Tra poco cominceranno a scorrere i titoli di coda e poi tornerà tutto alla normalità. O no?

/invio/

12. N.B.! Materiale non pubblicabile!

Scaletta riassuntiva delle fasi temporali da usare come traccia per la conferenza stampa della polizia di lunedì 6 febbraio, ore 15. Schizzo dei locali di Radio Nordest. (N.B.! Materiale non pubblicabile!)

5.55 circa. La praticante Malla Vilhelmsson arriva alla sede di Radio Nordest. Portoncino d'ingresso chiuso a chiave e allarme attivato (probabilmente da una guardia giurata la sera prima). Le sembra di sentire degli "scoppiettii di motore a singhiozzo" dal seminterrato. Alle 6.01 si collega alla Rete dal computer della sua postazione di lavoro al piano superiore (dato registrato) e comincia a occuparsi delle agenzie della mattina. Non vede né sente salire altri al piano superiore fino alle sette passate.

6.20 circa. Maria e Richard Malmström arrivano alla sede di Radio Nordest. Richard si mette nello studio due per esaminare la scaletta dei brani in vista del programma mattutino mentre Maria si siede alla sua postazione al piano terra. Si collega alla Rete alle 6.30. Dalla sua scrivania dietro il banco dell'ingresso ha la visuale aperta sui due possibili ingressi della sede: quello principale e quello dal seminterrato. Secondo la sua versione, nessuno entra nell'edificio fino a dopo il notiziario delle sette.

6.57. Malla Vilhelmsson prende posto nello studio uno e alle 7.00 conduce il primo notiziario regionale.

7.05. Il caporedattore Bengt Hedning, la centralinista Carina Sällström e il tecnico di produzione David Mård arrivano quasi contemporaneamente. Il primo è venuto a bordo di un'auto che parcheggia dietro l'edificio. Ha ascoltato l'ultima parte del notiziario dall'autoradio. Gli altri due – che sono conviventi e abitano nei paraggi – sono venuti a piedi.

Da questo momento in poi i due possibili ingressi del piano terra dell'edificio sono dunque tenuti d'occhio da almeno tre persone.

7.07. Malla V. si mette d'accordo con Maria M. per andare a fare qualche acquisto dopo il notiziario successivo e torna poi al piano di sopra in compagnia del caporedattore Hedning. Maria M. manda in onda dalla sala di regia una cassetta con un'intervista della durata di mezz'ora e poi rimane lì a lavorare. Attraverso il vetro che dà sullo studio due vede suo marito Richard Malmström, la vittima dell'omicidio, prima parlare al telefono e poi prendere appunti chino sul tavolo di regia. Le sembra preoccupato, ma quando gli si rivolge attraverso il microfono lui si limita a scuotere la testa e a liquidare la cosa con un gesto della mano. La cosa la sorprende, visto che fino a quel momento era stato di buonumore.

(Tuttavia nello studio due non sono stati rinvenuti fogli con appunti di Richard Malmström. L'assassino li ha portati via con sé?).

7.10. Il programmatore musicale Haqvin Storfjell entra dall'ingresso principale e va direttamente nel suo ufficio al piano superiore.

7.15. Malla Vilhelmsson scende dalla redazione del piano superiore ed entra nello studio dei notiziari, da dove trasmette qualche telefonata in diretta sul freddo record nell'entroterra. Subito dopo torna alla sua postazione al piano di sopra e porta a termine il lavoro di preparazione del notiziario delle otto.

Bengt Hedning, che si trova nella stessa stanza, telefona a una serie di amministratori locali.

7.30. La cassetta con l'intervista allo scultore del legno è finita. Maria Malmström manda in onda il notiziario nazionale che dura dalle 7.30 alle 7.35. Durante questo intervallo Malla Vilhelmsson scende dal piano di sopra per uscire a comprare qualcosa con Maria Malmström. David Mård lascia il suo posto alle spalle del banco del centralino e scende nel seminterrato per predisporre il collegamento per un servizio dall'entroterra.

7.31 circa. Il programmatore musicale Storfjell ha, per sua esplicita dichiarazione, mal di testa. Scende nell'ingresso e si ferma accanto all'attaccapanni, soppesando l'idea di uscire per un po'. Cambia idea e torna nel suo ufficio al piano superiore.

Lo station manager Nils Boström arriva al lavoro dall'ingresso del seminterrato. La spiegazione che adduce per la scelta di questa insolita via d'accesso è che voleva vedere se era accaduto qualcosa di particolare: «Il vialetto d'ingresso posteriore era spalato e non è una circostanza che si verifichi spesso!». Si toglie la giacca e poi entra nella toilette del piano terra.

7.31-7.33. Maria Malmström scambia qualche parola con il marito Richard Malmström. Lui le chiede di comprargli qualcosa di buono per la colazione. La conversazione è ascoltata da quattro persone: Malla Vilhelmsson, Carina Sällström, Haqvin Storfjell e Nils Boström. La Vilhelmsson riferisce che entrambi sembrano di buonumore, quasi maliziosi nel loro scambio di battute. La Sällström afferma invece che Richard Malmström fosse sarcastico e prendesse in giro la moglie. Sia Storfjell che Boström sono stati presenti durante la conversazione ma sostengono di aver avuto altro per la testa e non aver ascoltato con troppa attenzione.

7.35. Comincia la trasmissione "Nerocaffè" di Richard Malmström. Maria Malmström e Malla Vilhelmsson escono dalla stazione radio.

7.37. Il caporedattore Bengt Hedning scende di corsa dal piano superiore ed entra nello studio uno, dove realizza una breve intervista telefonica con il presidente dell'Associazione per la promozione della bicicletta. L'orario è confermato dall'intervistato con le parole "intorno alle otto meno venti".

7.42 circa. Bengt Hedning esce dallo studio uno e va al centralino per prendere i messaggi telefonici. Il programma "Nerocaffè" è iniziato da circa sette minuti.

7.44. Richard Malmström viene assassinato. L'ora può essere stabilita con certezza grazie alla cassetta di backup.

Nell'ingresso c'è Carina Sällström, girata verso l'ingresso dello studio due. Non ha l'attenzione puntata sulla porta ma sostiene che se qualcuno fosse entrato o uscito se ne sarebbe accorta. Sul divano vicino alla scala è seduto a leggere il giornale Nils Boström, all'interno del campo visivo di Carina Sällström. Anche lui dà le stesse informazioni. Bengt Hedning è in piedi di fronte alla Sällström, al centralino, con le spalle rivolte alla porta dello studio, ma è in grado di confermare quanto detto dagli altri due.

Quando la voce di Richard Malmström s'interrompe alla radio, i tre non reagiscono immediatamente perché concentrati su altro: Carina Sällström sta rispondendo a una chiamata in arrivo, Nils Boström legge, Bengt Hedning telefona dal proprio cellulare e scorre nello stesso tempo con gli occhi un articolo di giornale. David Mård è ancora nel seminterrato. Haqvin Storfjell riferisce di trovarsi nel suo ufficio al piano di sopra. Malla Vilhelmsson e Maria Malmström sentono la trasmissione dall'interno del negozio del distributore Statoil, dove la loro presenza è osservata da diverse persone.

7.46 circa. Bengt Hedning si accorge dell'improvviso silenzio. Entra nella sala di regia per controllare dal vetro cosa succede nello studio. Non vede nessuno alla console ma scorge una figura riversa a terra. Corre nella stanza passando dalla porta che dà sull'ingresso. Capisce subito che Richard Malmström è stato aggredito e che è morto. L'accetta è accanto al corpo. Hedning torna al centralino per chiamare ambulanza e polizia.

7.48. David Mård risale dal seminterrato.

7.50. Maria Malmström arriva alla stazione in compagnia della Vilhelmsson. Corre dentro lo studio due e ha un tracollo davanti al corpo del marito morto.

8.10. Arriva la polizia.

8.12. Arriva l'ambulanza.

8.15 circa. La polizia trova Haqvin Storfjell privo di sensi sul pavimento del suo ufficio. Il programmatore musicale riferisce di non essere stato aggredito da nessuno ma di aver avuto uno dei suoi "attacchi". Parla a tratti in maniera sconnessa e, quando viene informato dell'accaduto, non mostra sorpresa.

8.17. La polizia trova il redattore della cultura Stig Sollén addormentato nella cosiddetta sala riposo del seminterrato, davanti alla sauna. Riferisce di aver dormito lì dalla sera della domenica e di non avere idea di cosa sia successo.

*

Nota bene! La polizia desidera entrare in contatto con le seguenti persone:

Testimoni che abbiano da riportare osservazioni relative alla sede di Radio Nordest nel corso delle ultime ventiquattro ore, in particolare intorno all'ora del delitto, le 7.44, ma anche all'interno e all'esterno dell'edificio nel corso della domenica sera, quando secondo l'agenzia di vigilanza qualcuno ha lasciato il portoncino aperto.

Colui/coloro che hanno parlato al telefono con Richard Malmström poco dopo le sette.

Ulteriori testimoni che abbiano fatto osservazioni ricollegabili all'omicidio.

Ispettrice Felicia Munter

13. Tracce di sangue, birre doppio malto e fantasmi senza gambe

A: jonas.mansson@norrlands.folkblad.se
Da: malla.vilhelm@radionordest.sr.se

Jonas, mio pennivendolo preferito! L'hai messa giù con una certa eleganza ma si capisce chiaramente che mi stai chiedendo qualche particolare in più rispetto a quelli che la polizia ha dato finora in pasto al pubblico. Eppure suoni sincero quando sostieni che non devo sentirmi sotto pressione. Hai detto proprio «l'importante è che tu stia bene!» (non avrei saputo dirlo meglio io stessa!).

So perfettamente che hai sempre avuto l'ambizione di darti alla cronaca nera, ma ti informo subito che se cominci a farti scrupoli da pivellino nei confronti delle persone puoi anche scordarti di conquistarti un posto in un tabloid! Al massimo ti lasceranno da sviscerare qualche furto di bicicletta. O sei così diabolicamente astuto da capire che proprio questo atteggiamento umile è l'unico che può indurmi a dire qualcosa di più? Credo nel pivellino che alberga in te, Jonas, e per questo ti invio per fax la scaletta che la polizia ha usato come traccia durante una riunione prima della conferenza stampa di oggi pomeriggio: l'ho trovata nel fotocopiatore. I poliziotti sono ancora qui. In realtà non hanno detto tutti quei particolari, in conferenza stampa, ma magari a te potranno dare un piccolo vantaggio sul resto del branco. Non so se Felicia l'abbia scritta da sola o se ha qualche tirapiedi che coltiva questo stile sbrigativo, un po' da sergente e un po' da capoclasse. Mi sa che è proprio il suo.

Non ho molto da aggiungere, solo questo.

Come vedi è stato un omicidio davvero impossibile! In realtà non può essersi verificato, a meno che quasi tutte le persone coinvolte siano conniventi. Anche se, per ipotesi, ci fosse stato un momento in cui *nessuno* guardava in direzione della porta dello studio, senza percepire il minimo movimento neanche con la coda dell'occhio, dove avrebbe potuto cacciarsi l'assassino, dopo? La finestra era sigillata dall'interno. È riuscito a infilare la scala del seminterrato? La polizia se l'è chiesto subito, perché è bella comoda e a portata di mano. Ma lì c'era Deiv che smanettava con i suoi spinotti, e quindi l'assassino avrebbe dovuto essere connivente anche con lui. Inoltre...

Devo interrompermi per una comunicazione sensazionale. Pare che in effetti l'assassino sia uscito dallo studio dalla porta, per poi entrare in bagno! La polizia ha trovato tracce di sangue lungo il percorso, sul pavimento, sulla soglia della toilette, nel lavandino e nel cestino della carta! Gira voce che portasse un qualche genere di protezione che si è tolto in bagno, per poi ficcarla in una borsa o in un sacchetto e in seguito, nel caos seguito alla scoperta dell'omicidio in cui tutti scorrazzavano in giro, portarla via.

Ma non è finita: come leggerai sulla scaletta che ti ho mandato per fax, nella sala riposo del seminterrato gli agenti hanno trovato Prosit, con tali postumi da sbornia che non era praticamente in grado di comunicare con altri esseri umani. Passando per la doccia è stato portato in sala da pranzo, riempito fino alle orecchie di caffè nero e assicurato alla poltroncina degli interrogatori. Ecco la sua versione (interrotta di tanto in tanto da una discreta puntatina in bagno per vomitare): sì, dopo l'ha raccontata anche a me. E guai a te se sfrutti quest'informazione in maniera indebita!

Sostiene di essere rimasto al Route 69 fino alle dieci di domenica sera, scolandosi un tot di birre doppio malto. Al pensiero delle montagne di arretrato che aveva sul lavoro, si è sentito sempre più a disagio, e sul fondo dell'ultimo bicchiere ha praticamente trovato scritto che era giunto il momento di riprendere in mano la sua vita. A quel punto gli è venuta l'idea di andare direttamente al lavoro, fare una bella sauna nella cosiddetta sala riposo che abbiamo nel seminterrato, passare la notte sul divano lì sotto e presentarsi fresco come una rosa la mattina, per mettere mano a una serie di interviste realizzate durante un festival jazz a cui era stato a Uleåborg nel giugno dell'anno scorso.

È arrivato alla stazione poco dopo le dieci ed è sceso per accendere la sauna. (Evidentemente la guardia giurata era già andata via).

È stato allora che è successa una cosa terribile!

Nella sala riposo di fianco alla sauna, che viene usata anche come spogliatoio, ha trovato un sacchetto pieno di birre doppio malto! (In seguito si è appurato che erano di Benke e Deiv, che avevano programmato di guardarsi una partita di hockey di quelle stellari alla televisione della radio nel fine settimana – né Carina né Britt Hedning incoraggiano il consumo domestico di birra ad alta gradazione in combinazione con le partite di hockey – solo che poi la cosa non era andata in porto perché Deiv era stato trascinato per le orecchie a vedere un qualche film d'amore e Benke a una festa per il cinquantesimo compleanno di qualcuno).

Insomma, chi saprebbe resistere a un *sacchetto pieno di birre doppio malto* una gelida notte di febbraio, con la sauna calda e il sangue ribollente? ha chiesto Stig, con gli occhi cerchiati di rosso, a Che e me dopo essere sfuggito alle grinfie della polizia verso il pomeriggio. Se le era scolate tutte, accompagnandole (in mancanza di patatine) con un pacchetto di wafer alla vaniglia che aveva trovato in sala da pranzo.

Per forza aveva ancora lo stomaco sottosopra a ventiquattr'ore di distanza!

Be', dopo naturalmente era crollato sul vecchio divano anni Cinquanta della sala riposo, quello punteggiato di tante e tali macchie che la prima volta che l'ho visto pensavo che fosse una fantasia del tessuto. Lì ha dormito come una foca bastonata per tutta la notte, tenendo vicino un secchio per ogni evenienza. Finché non è arrivata la polizia a prenderlo per i capelli.

Be', insomma, non proprio.

Ha detto anche qualcos'altro, qualcosa che mi ha fatto rizzare i capelli sul coppino.

«Io... be', ecco, verso la mattina dormivo un po' a singhiozzo. Penso di essermi alzato un paio di volte per tentare di centrare il buco del cesso. E bere dell'acqua. Uffa, a quell'ora della notte ci si ubriaca di nuovo, ma di *acqua*: è come se finisse per diluire tutto quello che uno s'è scolato la sera prima! Comunque... comunque... dov'ero arrivato? Ah sì, a un certo punto, quando sono ricrollato sul divano, mi è sembrato di vedere qualcosa. Che mi prenda un colpo se non è passato qualcuno in corridoio, davanti alla porta della sala riposo. Era aperta, e quindi l'ho visto. E non era un essere umano!».

Mi sono tesa come una molla. Come, non era un essere umano?

Prosit aveva un'espressione particolarmente ebete.

«Era uno spettro» disse con un sorriso che voleva risultare sincero. «Un qualcosa di bianco e fluttuante che è scivolato via. Senza faccia. E senza gambe! Prego, prego, ridete pure! Comunque è inutile che mi riempiate di opuscoli degli Alcolisti Anonimi. Ce li ho già!».

Puoi immaginarti come mi sono sentita, Jonas.

«Senti, Prosit, che ore erano?».

«Cazzo ne so! Fuori il cielo era nero, ma praticamente lo è sempre! È così che comincia il delirio? Non mi era mai capitato prima!».

Quando gli ho detto che avevo visto anch'io il suo "spettro" senza gambe, ieri sera, facendomi prendere dal panico, si è messo a piangere come un bambino, Jonas. Insieme, anzi, spalla a spalla, siamo andati da Arcigna e abbiamo confessato. Due persone non possono avere la stessa allucinazione. E non può essere un caso che sia saltato fuori in concomitanza con un omicidio assolutamente inspiegabile. Non capivamo proprio di cosa si trattasse, ma d'altra parte non eravamo noi a essere pagati per farlo.

Arcigna era ancora nell'ufficio di Nisse Boss. Ci ha invitato a prendere posto sulle poltroncine davanti alla scrivania e poi ci ha fatto raccontare la nostra storia, a singhiozzo e scatti come una vecchia fisarmonica a bottoni. Per un lungo istante è passata con lo sguardo da uno all'altra e ritorno. Poi credo abbia tirato la conclusione che il nostro racconto era così assurdo che doveva essere vero. Io avrei ragionato così, ne sono sicura. Perché mai io, Malla, una dei pochi con un alibi inattaccabile, avrei dovuto inventarmi un'improbabile storia di fantasmi in combutta con Prosit?

Ha riflettuto per un po', mentre nella stanza scendeva un silenzio assoluto. Faceva anche un caldo insopportabile, e mi sono ricordata che la mattina avevo alzato di brutto il termostato. Evidentemente a nessuno era venuta l'idea di abbassarlo. Prosit era sempre più verde in faccia, a metà tra il formaggio erborinato e la gemma di betulla, e lanciava occhiate disperate verso la porta.

In quel momento si è sentito bussare forte, come se qualcuno avesse colpito la porta con una mazza da croquet. Prima ancora che Arcigna avesse il tempo di dire "avanti" o "un momento", il battente si è spalancato e Che è marciata nella stanza e si è piazzata davanti alla scrivania di Nisse, la schiena diritta come un fuso.

«Potrei anche essere stata io!» ha detto con la sua bella voce profonda che in effetti somiglia abbastanza a quella di Richard. «Posso entrare anch'io facilmente nell'edificio, come tutti gli altri. E altrettanto *poco* facilmente sarei potuta entrare nello studio passando davanti ai tre seduti nell'ingresso. Ho tutte le chiavi e vivo sola, quindi non c'è nessuno che possa fornirmi un alibi. In più, odiavo quello stronzo: tanto vale che ve lo dica io, così evitate di cavarlo di bocca agli altri. Non sopportavo di stare nella stessa stanza in cui c'era lui, e lo sanno tutti. Ecco!».

Ci ha fissati. Sebbene somigliasse, nella sua immobilità, alla statua di una dea, intorno a lei l'aria vibrava come al solito: gli enormi orecchini pendenti tintinnavano, la gonna di pelle cigolava, una spessa sciarpa di lana le è scesa sinuosa dalla spalla e una ciocca di capelli le è sfuggita da un fermaglio.

Arcigna non si è scomposta.

«Devo interpretare questa sua uscita come una dichiarazione di colpevolezza?» ha chiesto.

«Col cazzo!» ha tuonato Che. «Avrei potuto ucciderlo a calci davanti a tutti se avesse continuato a farmi perdere la ragione come faceva. Ma mai e poi mai mi sarebbe venuta l'idea morbosa di aggredirlo alle spalle con un'accetta, e in trasmissione!».

Dal tono sembrava indignata per il fatto che Arcigna potesse sospettarla di un atto così poco professionale. Omicidio, sì, certo, ma mai in diretta!

A questo punto Prosit non ha più retto. I wafer alla vaniglia dovevano essere tornati alla carica: si è precipitato alla porta ed è sparito senza spiegazioni. Kerstin l'ha seguito con lo sguardo burbero e insieme intenerito.

«L'avete visto com'è messo quello, no?» ha detto. «Vi sembra in grado di salire le scale in punta di piedi e colpire un collega con un'accetta con la massima precisione? Mai e poi mai! Mettetevelo in quella testa! Quando l'ho incrociato alle dieci di stamattina aveva ancora un alito che ci si poteva prendere una sbornia solo a stargli davanti. Chissà, magari si può diventare bevitori passivi, come fumatori passivi...?».

Arcigna ha battuto impaziente una penna sulla scrivania. Era una persona che voleva arrivare al dunque, prendendo la strada più corta da un punto a un altro. Ho capito che mi andava a genio. Meglio una poliziotta arcigna che una felicia, per così dire. Gli omicidi non sono propriamente divertenti e in realtà lo sappiamo tutti.

D'un tratto nella mia mente ha preso forma un'idea.

«Ma... forse si può spiegare lo scoppiettio di motore che ho sentito quando sono arrivata stamattina!» ho esclamato. «Era

Prosit, naturale! Stava russando a singhiozzo, il che lo faceva somigliare a un motore!». Arcigna ha annuito lentamente. Poi ha scarabocchiato qualcosa sul suo blocco e si è alzata in piedi.

«Vi farò chiamare di nuovo!» ha detto. «Vi prego di non uscire dall'edificio ancora per un po'».

Ed è stata di parola, Jonas! In un modo che non dimenticherò mai.

Subito prima delle cinque ha chiesto a me e Prosit di seguirla giù nell'ingresso. Eravamo in sala da pranzo da una mezz'ora, a ciondolare su una pizza da asporto che avevamo ordinato, senza trovare la forza di fare niente. Non potevamo neanche parlare di quello che era successo. Gli altri avevano avuto il permesso di andare via, uno dopo l'altro. Eravamo rimasti solo noi e Haqvin, che se ne stava chiuso nel suo gabbiotto di vetro con le cuffie sulle orecchie, gli occhi che fissavano il vuoto senza vedere. Immobile. Mi chiesi se anche alla polizia mancasse il coraggio di affrontare quel bizzarro sciamano fai-da-te.

Ci siamo alzati e l'abbiamo seguita al piano di sotto. Era tutto spento, più o meno come la sera prima, con la sola luce fioca del faretto direzionale in un angolo. La radio appoggiata al bancone continuava a trasmettere la striscia del quarto canale con il comunicato della morte di Richard e la musica funebre in sottofondo. Arcigna ci ha chiesto di piazzarci davanti al Loculo e guardare verso la scala. Abbiamo ubbidito, e nel petto il cuore ha cominciato a battermi come un motore fuoribordo.

D'un tratto qualcosa sulla scala si è mosso.

Eccolo arrivare di nuovo incedendo lentamente sui gradini, qualsiasi cosa fosse. Bianco, fluttuante, silenzioso, senza volto, senza gambe. In fondo alla rampa ha attraversato l'ingresso verso le scale del seminterrato e le ha imboccate. Ed è sparito.

Ho cominciato a blaterare in maniera incontrollata. Prosit gemeva, piegato sul divano. Arcigna ha preso un appunto sul suo blocco.

«Grazie, è tutto!» ha detto. «Ora potete andare a casa».

14. Un complice sul tetto?

Estratto da Nordöstran*, mercoledì 8 febbraio*

COME HA POTUTO L'ASSASSINO SVANIRE NEL NULLA
SOTTO GLI OCCHI DI TRE TESTIMONI?

Dopo l'omicidio del popolare conduttore Richard Malmström, avvenuto lunedì, tra i dipendenti di Radio Nordest si sta diffondendo un terrore strisciante. Possibile che in mezzo ai colleghi della stazione si nasconda un assassino? La polizia ha ormai abbandonato la teoria che l'omicidio sia stato commesso da un folle venuto dall'esterno: è risultato chiaro dalla conferenza stampa del pomeriggio di ieri. L'edificio che ospita Radio Nordest era stato setacciato a fondo dall'agenzia di vigilanza Securitas la sera prima dell'omicidio, e dopo il sopralluogo delle guardie giurate le uniche persone in grado di entrare senza che scattasse l'allarme erano quelle munite di un set di due chiavi: una per aprire il portoncino d'ingresso e l'altra per disinnescare l'allarme (da usare quando si entra nel palazzo al di fuori dell'orario d'ufficio). Oltre all'agenzia di vigilanza, solo i dipendenti della stazione radio dispongono di questo set di chiavi. Il movente dell'omicidio è tuttavia ancora avvolto nel buio.

Radio Nordest a tre giorni dal delitto: un ambiente di lavoro in cui si percepisce il terrore insinuarsi tra le scrivanie e aumentare di giorno in giorno. Chi ha ucciso Richard Malmström con un'accetta in piena trasmissione? L'assassino aveva un movente, o è stato l'atto di un folle? Colpirà ancora, e a chi toccherà, in questo caso? E soprattutto, dopo l'omicidio come è uscito l'assassino dallo studio due, quello dal quale Malmström quasi tutte le mattine trasmetteva il popolare programma mattutino "Nerocaffè", ascoltato da tanti abitanti della regione?

Il due è il più grande degli studi di trasmissione di Radio Nordest. Dispone di una console, in modo che il conduttore che trasmette all'interno della regione possa gestire il programma in "auto-regia", mandando in onda cassette preregistrate e dischi, ricevendo telefonate e così via. Richard Malmström era considerato un abile auto-regista: era difficile che nel corso dei suoi programmi si verificasse qualche inciampo. Fino a quella mattina.

Possibile che l'assassino aspettasse nell'ombra dello studio quando Malmström ha esordito con il suo caldo e amichevole "Buongiorno cari ascoltatori..." in quella fredda mattina di febbraio? Si è avvicinato in silenzio per colpire, da dietro, quando il conduttore aveva tutta l'attenzione rivolta al microfono? E se è così, dov'è finito dopo l'omicidio?

Nonostante la ricostruzione della polizia, o forse proprio a causa di questa, le congetture si sprecano e si possono classificare in tre categorie:

a) la finestra dello studio si può in realtà chiudere anche da fuori, magari grazie a un grimaldello o a una calamita? L'assassino può essersi calato dal davanzale, che si trova a circa due metri da terra, per sparire sotto la neve fitta magari usando un qualche genere di racchette? (Ai piedi della finestra non sono state rinvenute impronte nitide).

b) i tre testimoni mentono? È possibile che, come in *Assassinio sull'Orient Express*, abbiano portato a termine insieme l'uccisione del collega (eventualmente con la connivenza del testimone nel seminterrato)? E in questo caso, qual era il movente?

c) i tre testimoni stanno tentando di proteggere qualche altro collega responsabile dell'omicidio? E di nuovo, qual era il movente dell'assassino e che ragione avrebbero i tre colleghi di proteggerlo?

Fioriscono anche altre fantasiose teorie su come si sia svolto il delitto nella "camera chiusa": è possibile che l'accetta fosse stata predisposta come una trappola dal soffitto? L'assassino può aver avuto un complice al secondo piano o sul tetto, pronto con una scala di corda dopo che l'uccisione era stata portata a termine e la finestra era stata chiusa dall'esterno in qualche misterioso modo? L'omicidio può essere stato commesso da uno snowboarder infilatosi con un flip nella finestra aperta in precedenza, facendola poi chiudere da un complice presente nell'edificio? Nell'antica casa del mercante esistono un cunicolo o una porta segreta che sbocchino nella stanza del delitto? Nessuno lo sa.

I dipendenti di Radio Nordest sanno soltanto di aver perso un apprezzato collega e amico a causa di un omicidio insensato e terribilmente cruento.

Sebbene il fendente dell'accetta sia stato sferrato con mano sicura e abbia spaccato il cranio di Malmström in un punto centrale e piuttosto alto, il sangue e la sostanza cerebrale si sono sparsi intorno in notevole quantità. «Lo studio sembrava un mattatoio» ha detto rabbrividendo uno dei dipendenti. La polizia è colpita dalla precisione dell'assassino nell'uso dell'accetta. Che sia un uomo o una donna, è impossibile che abbia avuto modo di fare pratica attraverso altri atti simili: negli ultimi vent'anni in Svezia si sono verificati pochissimi delitti in cui sia stato fatto uso di quest'attrezzo. Naturalmente però può trattarsi di una persona abituata a tagliare la legna. Anche un abile giocatore di golf o di bowling può arrivare allo stesso livello di bilanciamento e precisione, sottolinea il dirigente superiore Åke Björklund. Pare che individuare il punto vendita in cui è stata acquistata l'arma del delitto sia un'impresa disperata. Centinaia di accette della popolare marca Haglöf si vendono ogni giorno nelle ferramenta di tutto il paese. Ovviamente un assassino così abile non ha lasciato impronte digitali sull'arma.

Dalle pagine di *Nordöstran*, il dirigente superiore Björklund desidera lanciare un appello agli ascoltatori che telefonano alla polizia per riferire i particolari che pensano di avere colto ascoltando il fatidico programma: *smettete di chiamare*! La polizia ha a disposizione la registrazione dell'intero programma, che sta analizzando con estrema meticolosità. S'incoraggiano invece a mettersi in contatto con gli investigatori coloro che hanno da riportare osservazioni all'interno e nei dintorni dell'edificio all'ora in cui è avvenuto il delitto.

Il funerale di Richard Malmström si svolgerà in forma privata. La moglie Maria non è ancora stata sentita dagli inquirenti. Dopo il tracollo è stata ricoverata nel reparto di terapia intensiva dell'ospedale psichiatrico regionale, dove si trova tuttora.

Carl Östen Ohlin (firma e foto)

15. Terroristi, violenti e ubriaconi

Sbobinatura rivista e corretta della registrazione svoltasi oggi nella sala da pranzo di Radio Nordest

«Ma che terrore strisciante e terrore strisciante!» è esploso Bengt Hedning mentre mangiavamo. «Se c'è qualcuno che deve venire qui strisciando è quel deficiente di Ohlin di *Nordöstran*, cazzo! In ginocchio! Praticamente ha dato degli assassini conniventi a me, Carina e Nisse! Ieri a mio figlio hanno chiesto l'*autografo* nel cortile della scuola, vi rendete conto? I suoi compagni trovano il tutto molto emozionante, in questo momento un Jeremy Hedning vale due Martin Dahlin. Sono fuori di testa, porca puttana!».

«Ma Martin Dahlin ormai è fuori mercato...» ha tentato di dire Deiv.

«Questo non *c'entra niente*!» ha sbraitato Hedning. «L'importante è quello che sta per succedere! Quel pescecane di un Ohlin scrive come scrive perché ha intenzione di conquistarsi un posto ad *Aftonbladet* con qualsiasi mezzo. Questo è solo un assaggio, vedrete che andrà anche peggio! Gli aspiranti cronisti di nera ansiosi di farsi un nome a nostre spese non si contano! Ed è di noi, di *noi sospettati* e delle nostre misere vite private che si tratta, non lo capite? Ohlin e una parte dei suoi degni compari dei tabloid raccoglieranno frammenti di informazioni sparse in città e, dato che hanno un palmo di pelo sullo stomaco, quando Ohlin avrà messo insieme un sacco di stronzate basandosi sui racconti di qualche cugino o su quello che è riuscito a origliare al bancone del Route 69 o sulle idiozie che ha sentito suo figlio a casa di qualcuno dei suoi amichetti il garante della stampa si attaccherà al tram. Ci crocifiggeranno come *indiziati* lungo la via principale della città, non ce li scuoteremo di dosso! Ce li ritroveremo in tutte le sale d'aspetto, alle riunioni dei genitori della scuola e alle partite di hockey e agli incontri sindacali e alle feste dei vicini! Sono dappertutto, con dei padiglioni auricolari talmente grossi che se li muovono fanno corrente!».

«Scusami, Benke, ti stai riferendo ai giornalisti?» intervenne Che. «I giornalisti in questa cittadina minuscola? Cosa siamo, un branco di paparazzi impazziti che escono allo scoperto con la luna piena e si azzannano a vicenda facendo gocciolare sangue dalle penne? Non siamo tutti quanti logorati a forza di scrivere inni all'eroe locale o al settantacinquenne di turno e non abbiamo tutti rischiato di addormentarci durante interminabili riunioni di circoscrizione e partite di calcio di tornei dilettantistici? Voglio dire: facciamo parte della categoria anche io e te, e non avremmo mai gettato Ohlin in pasto ai lupi se alla redazione di *Nordöstran* fosse capitata tra capo e collo una storia come la nostra, no? E se c'è *uno* che lo farebbe direi che quello saresti *tu*, Benke! Dopo tutto sei tu che predichi sempre che il nostro compito è comunicare notizie, punto, e che sarebbe omissione di servizio cominciare a farsi scrupoli nei confronti delle persone a cui si rischia di pestare i calli! L'altro giorno, quando io non volevo mettere in piazza la ragazza ubriaca violentata, mi hai risposto: "Tocca a qualcun altro occuparsi dell'aspetto terapeutico della faccenda, non è compito nostro"!».

«Sì, ma adesso sto parlando della differenza tra notizie e pure e semplici illazioni, per la miseria!» ha ululato Benke con la voce in falsetto. «Non è che non conceda a Ohlin di scrivere di quel cazzo che gli pare, se riesce a scoprire quello che è veramente successo qui! Prego, gli offro su un piatto d'argento i segni lasciati dall'accetta e le impronte e la sostanza cerebrale e anche quest'ultima cosa delle mantelle antipioggia, ma non ha il diritto di spargere in lungo e in largo le sue supposizioni idiote che Carina e Deiv e Nisse e io avremmo lavorato insieme come in *Assassinio sull'Orient Express*! Voglio dire, che si sputtani pure come vuole scrivendo quella cazzata dello snowboarder che è entrato con un flip dalla finestra brandendo l'accetta in una mano, perché è talmente fuori di testa che non ci casca nessuno, ma la cosa terribile è che una parte di quello che s'inventa potrebbe anche essere concepibile! Che fossimo conniventi, per esempio... nessuno di quelli che ci conoscono ci crederebbe, ma non è che ci conoscano tutti!».

«Eh già, Benke, ecco che ti si ritorce contro quella tua teoria del giornalismo coerente che ci hai propinato per tutta la primavera scorsa perché volevi saltare sullo stesso treno degli altri palloni gonfiati! Prendi e porta a casa!» ha esclamato Che, con le guance tremule che scintillavano come rosse mele mature. «Quando le conseguenze vanno a colpire te non ci stai più, vero? Perché sarà così, te lo senti! Un lettore sveglio e lucido si accorge subito che le cospirazioni e le scalette di corda e i cunicoli segreti di Ohlin sono deliri puri e semplici, ma quanti sono i lettori svegli, a quest'ora del mattino? Saranno poi la maggioranza? E quanto sono svegli quelli che leggono i tabloid del pomeriggio quando escono stanchi dal lavoro? Il giornalismo di quel genere è sopra le righe perché la gente rimanga sveglia almeno fino alla pagina delle inserzioni! Ma anche nel cervello più stanco possono mettere radici e attecchire le erbacce. "Ho letto qualcosa a proposito di una combutta tra i dipendenti di Radio Nordest... non è lì che lavora il papà di Jeremy? Ho sempre pensato che avesse un'aria poco raccomandabile! Non si può dire che abbia autocontrollo, quello! Proprio non mi piacerebbe incontrarlo a un consiglio di classe con un'accetta in mano!"».

Che e Benke si sono squadrati a vicenda e alla fine lui ha tirato un lungo sospiro. «Guarda che non ci andrò di mezzo solo io, sai?» ha detto. «Troveranno qualcuno che vent'anni fa a una festa ti ha sentita inneggiare alla banda Baader-Meinhof, e il giorno dopo ti toccherà leggere su *Expressen*: "L'OMICIDIO ALLA RADIO: UN ATTO DI TERRORISMO POLITICO? Segue alle pagine 5, 6,

7, 8 e 9 e alla doppia pagina centrale!", con una tua gigantografia corredata di quadratino nero sul naso. E poi cominceranno a frugare nel nostro passato in cerca di scheletri, tireranno fuori la condanna di Deiv per maltrattamenti e i miei protesti e le sbornie di Prosit e la vita sessuale di Sam e Tom!».

«Sam e Tom? Ma loro sono gli unici che usciranno da questa vicenda senza macchia! Erano a Mörtsele, per la miseria!».

«Ah! E come fanno a dimostrare di non essere partiti di là in snowboard a cento all'ora per fare un flip davanti alla finestra di Richard, mano nella mano? Ti dico che i fatti *non c'entrano*! Si tratta di illazioni ai confini della zona grigia del possibile! E lì c'è sempre qualche cattiveria che attecchisce, soprattutto addosso a persone come Sam e Tom: alla gente piace condire l'insalata con un po' di omo, e chissenefrega se c'entra o non c'entra! Ritieniti fortunata, Che, vecchia combattente, di non essere anche lesbica, perché non ti avrebbero mai perdonato il tuo passato terrorista!».

Che e Benke si sono fissati con le sopracciglia corrugate mentre noi seguivamo il duello come se fosse stato una partita di ping-pong. D'un tratto si sono messi a ridacchiare tutti e due e Che ha abbracciato Benke stringendolo al punto che si sono sentite scricchiolare le ossa. Si sono seduti sul divano, ancora allacciati, e sono rimasti a cullarsi per qualche minuto in quella posizione.

Deiv, accanto a me, si dimenava sulla sedia da un po'. Mi ha lanciato un'occhiata di lato e ha detto: «Ecco... quella storia della condanna per maltrattamenti forse non la conosci... è stato una volta che ero un po' alticcio, anzi, per meglio dire ubriaco perso... ed ero andato a una festa campestre qui fuori città. L'orchestra era uno schifo, e dopo la terza volta che hanno suonato *Sorridenti occhi dorati* stonando sempre di più... insomma, sono salito di nascosto sul palco e ho scambiato qualche spinotto, e il chitarrista si è beccato una scarica da 220 volt... è vero, era maltrattamento, o almeno è quello che hanno deciso, e ho anche pagato tutte le mie belle ammende giornaliere... ma non è stato certo un delitto perpetrato con un'accetta!». Mi ha guardato con due occhi tanto preoccupati da sfiorare lo strabismo e ha aggiunto: «Se si parla di tecnologia, sono capace di fare praticamente qualsiasi cosa, e anche sui computer... insomma, della roba piccola me ne intendo, ma gli attrezzi grossi e pesanti non sono proprio il mio forte!».

Carina, seduta di fronte a lui in tutto il suo splendore e intenta a sorseggiare una tazza di Kilocal Slim Drink alla fragola, ha sbuffato sprezzante.

«Già, Deiv, gli attrezzi grossi e pesanti non sono affatto il tuo forte! Meno male che non ne sei provvisto, eh?».

Non era chiaro cosa intendesse (o forse lo era anche troppo), ma di colpo tutti l'hanno trapanata con lo sguardo, il che l'ha indotta a scuotersi come un cane bagnato, alzarsi e veleggiare fuori dalla sala da pranzo. È dal giorno dell'omicidio che è parecchio fuori fase, per non dire di peggio.

Noi abbiamo cercato di dire qualcosa di gentile a Deiv, rimasto seduto con la testa ciondoloni, ma poco dopo lui si è ringalluzzito.

«Comunque, adesso non mi pianterà più in asso!» ha detto. «Voglio dire... per un po' ho creduto sul serio che se ne andasse, e invece ce l'ho fatta! Sapeste come...!». Si è messo a sghignazzare inspirando aria tra i denti.

L'ho fissato. No, non conosco Deiv a sufficienza per sapere se in determinati giorni della settimana impazzisca e regredisca a una fase infantile. Forse aveva centrato Richard con una fionda e l'accetta era soltanto una cortina di fumo. Oppure mentre era nel seminterrato si era messo ad armeggiare con qualcosa di letale che si era poi diffuso nello studio due attraverso tubi e cavi? In ogni caso, quando si esibiva in uscite del genere era meglio metterlo fuori dalla portata delle orecchie della polizia.

Nisse Boss ha fatto capolino nella sala da pranzo.

«Ecco... visto che siamo tutti qui... volevo dire... Sveriges Radio manderà naturalmente una corona al funerale, ma forse dovremmo anche noi... amici e colleghi... quanti hanno intenzione di andare, a proposito?».

Nella stanza è sceso il silenzio più assoluto. Sul nastro che ho registrato si sente solo il tintinnio di coltelli e forchette. E poi di nuovo Nisse, esitante: «Qualcuno...? Nessuno...?». La sua voce si spegne.

Kerstin si è alzata in piedi.

«Forse, se non fossero state in aspettativa, saresti riuscito a convincere Sia e Annika» ha detto. «Penso si possa affermare che loro due non avevano conti in sospeso con Richard. Haqvin ci andrà sicuramente. Lui ha il terzo occhio sulla fronte e in Richard vedeva qualcosa di diverso da noi, anche perché non è mai riuscito a metterlo in difficoltà. Carina vorrà presenziare e anche piazzarsi di fianco alla bara, tutta vestita di nero, peggiorando la situazione e mettendo ancora più in imbarazzo la povera Maria. E io ho intenzione di impedirglielo, dovessi sedermi sopra di lei. Sam e Tom? E tu, Malla? Bah, voi non lo conoscevate da un tempo sufficiente per imparare a detestarlo quanto noi. Fate quel che vi pare. Ma noi? Che ne dici, tu, Prosit, noialtri potremmo andare a festeggiare alla Taverna Centrale... Benke? Dai, Nisse, vieni anche tu! Lo so che in fondo in fondo è quel che desideri!».

Ma, con grande sorpresa di tutti, a questo punto Nils ha avuto un exploit da egemone del genere più raffinato. Circondando le spalle di Che con un braccio, l'ha fatta sedere. «Facciamo finta che io non abbia sentito niente» ha detto. «E per fortuna non hanno sentito nemmeno la polizia e Ohlin di *Nordöstran*! *Noi* capiamo che sei scombussolata, Che, considerando il complicato rapporto che avevi con Richard, ma loro no, e oltretutto metti in pericolo anche altri. Lo capisci, vero, che adesso dobbiamo serrare i ranghi, altrimenti va a finire male? Capisco che non abbiate voglia di partecipare al funerale, magari ritrovandovi con tutti gli occhi addosso, ma penso che per Maria sarebbe molto dura ritrovarsi lì da sola. Vestitevi in modo adeguato e troviamoci tutti davanti alla cappella venerdì alle tre meno un quarto».

Si è chinato su Che e le ha scostato una ciocca dalla fronte.

Lei è scoppiata a piangere, singhiozzando forte.

A ogni singulto, l'ago del registratore con il microfono acceso appoggiato sul tavolo schizzava sul rosso.

16. Malla di Radio Nordest per tutto il popolo svedese

Lettera di Malla Vilhelmsson, Radio Nordest, a Jonas Månsson, Norrlands Folkblad, *giovedì 9 febbraio*

Sì, Jonas, capisco cosa intendi e sono d'accordo! Mettiamo insieme le nostre limitate capacità intellettive e speriamo di capire qualcosa in due: lo so che da sola non posso farcela, ce li ho troppo addosso, in fondo sono comunque miei amici, o qualcosa del genere. E forse tu a distanza puoi vedere qualcosa che a me sfugge perché c'è il naso di mezzo!

Non sono affatto disposta a passare sul cadavere di qualcuno per garantirmi uno scoop, e so che non lo sei nemmeno tu, ma non può essere sbagliato che facciamo le nostre osservazioni e le usiamo con un po' di buonsenso, no? E qualcuno – noi o altri, magari la polizia – *deve* risolvere questa cosa, perché qui si sta scatenando un putiferio allucinante, come se in città fosse arrivato un megacirco! Questa storia contiene tutto quello che serve, lo sai: eventi inspiegabili, sparizioni misteriose, camera chiusa, sangue e sostanza cerebrale, una cerchia ristretta di indiziati, e che galleria di personaggi, poi! Richard, la vittima affascinante e fotogenica (l'hai visto su *Kvällsposten*, con bandana e Harley-Davidson, gli occhi socchiusi rivolti verso il sole?) La vedova distrutta, con la maglietta rossa del sangue del consorte, la variante locale di Jacqueline Kennedy! E poi noialtri dieci della stazione in scala discendente, dalle star tipo Carina, con le lacrime che colavano dal mascara waterproof, fino alla figura anonima e curva di Nisse Boss. Finiremo per essere celebri come la banda dell'Isola dei Famosi! Se va avanti così, tutta la Svezia mi conoscerà come "Malla di Radio Nordest"! Sto impazzendo!

Per questo mi impegno con te, Jonas, a cercare di scovare attivamente e indefessamente ogni informazione utile a far luce su questa storia. Se poi esce prima sul nostro canale locale e sul tuo *Folkblad* invece che su *Expressen*, meglio ancora, perché è così che dev'essere.

Per questo oggi all'ora di pranzo ho sistemato il microfono e fatto partire il registratore. Tanto, in radio nessuno reagisce se uno si porta a tavola le sue apparecchiature. Ecco qui la conversazione sbobinata: ho trascritto solo le parti che possono essere interessanti per te, quasi parola per parola. Non so però come trasmetterti l'atmosfera che regnava in sala da pranzo, una specie di strana mescolanza di terrore e sollievo, diffidenza e calore. In breve, la situazione è quella che segue.

Le frecciatine avvelenate sono quasi sparite dalla conversazione. Penso che in effetti fosse proprio Richard a rappresentare la causa dei soprusi più pesanti. Non l'unica, però: i cani che si sentono aggrediti spesso si scatenano mettendosi a mordere alla cieca, così come capitava a volte nella pausa pranzo. Quando Richard era più stronzo del solito nei confronti di qualcuno, la persona in questione non osava rivoltarglisi contro ma se la prendeva con qualche altro malcapitato, e così la cosa si diffondeva... Quindi la gente comincia a provare un certo sollievo, perché non deve sempre stare sul chi va là. E poi in effetti adesso abbiamo un nemico comune che viene da fuori, e non c'è niente che contribuisca tanto all'armonia in un luogo di lavoro. Serriamo i ranghi contro tutti gli altri giornalisti stronzi che non siano *Noi*! Di qui il calore. Ma è chiaro che la diffidenza rimane, perché non si può prescindere dal fatto che qualcuno alla stazione ha perpetrato un omicidio con un'accetta e sappiamo tutti (tranne una persona, effettivamente) che deve trattarsi di uno di quelli seduti intorno al tavolo! Mi sa che per ora stiamo tutti rimuovendo questa parte. Come anche il terrore: credo che Hedning si sbagli. Va benissimo fare i gradassi seduti davanti alla zuppa in scatola quotidiana, ma dubito che qualcuno di loro venga qui da solo, dopo l'ora di chiusura! E Kerstin, che si è accollata il primo turno mattutino fino a quando Nisse non avrà trovato un sostituto per Richard, si rifiuta di stare qui da sola la mattina presto.

MaMa è in malattia da quando è successo il fatto ma ha chiesto di rientrare in servizio all'inizio della settimana prossima. Non capisco perché voglia farlo, e so che secondo il medico è una cattiva idea, ma nella sua situazione nessuno le nega niente. Mi sa che venerdì, quando sarà dimessa, chiederò di poter usare l'auto della radio per andare a trovarla e portarle dei fiori, se mi permetterà di farlo. E in quell'occasione, caro il mio Watson, non presterò servizio come detective, chiaro?

Allego lo schizzo della sede che mi hai chiesto. Ti stai dando da fare per ottenere un week-end libero e venire a trovarmi, vero? Se lo fai, ti prometto una visita guidata del luogo del delitto!

Ci sentiamo, perla tra tutte le mie conoscenze maschili!

Malla

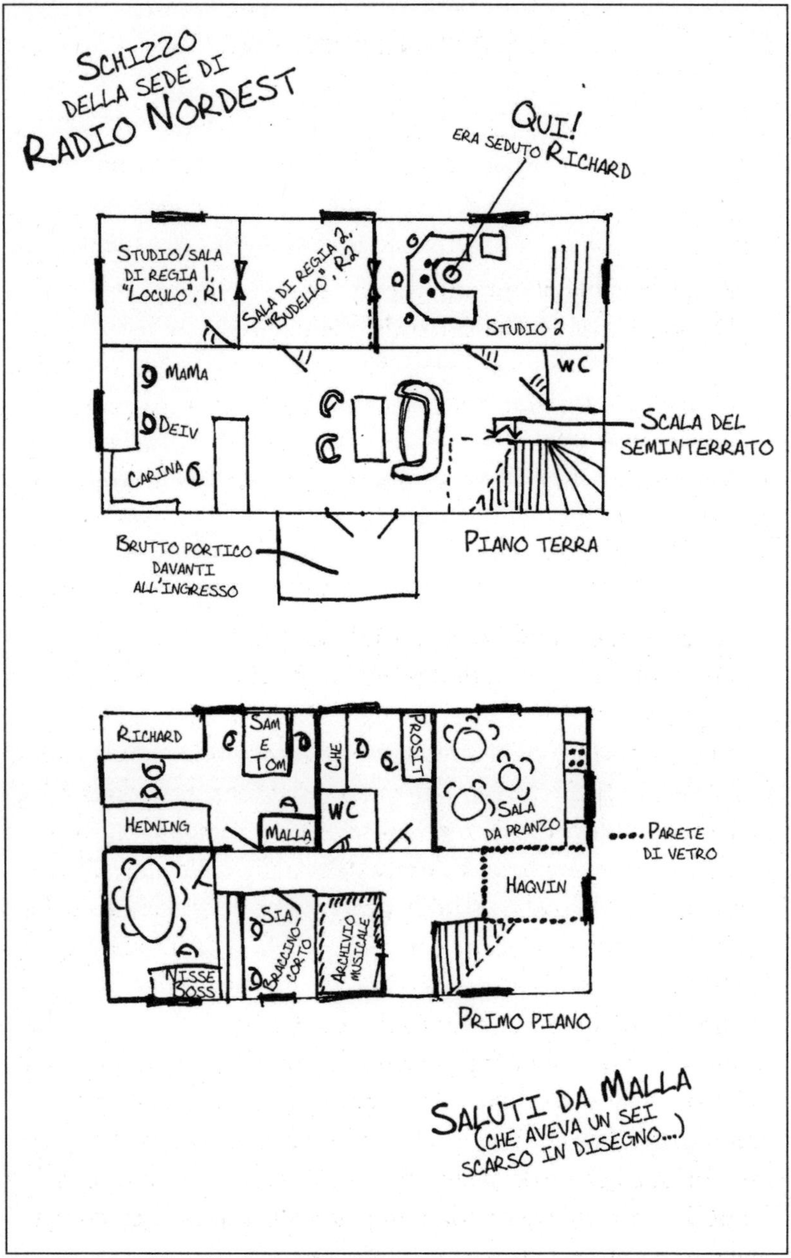
Schizzo della sede di Radio Nordest
Qui! era seduto Richard
Studio/sala di regia 1, "Loculo", R1
Sala di regia 2, "Budello", R2
Studio 2
WC
MaMa
Deiv
Carina
Scala del seminterrato
Brutto portico davanti all'ingresso
Piano terra
Richard
Sam e Tom
Che
Prosit
WC
Hedning
Malla
Sala da pranzo
Parete di vetro
Haqvin
Sia
Braccino-corto
Archivio musicale
Nisse Boss
Primo piano
Saluti da Malla (che aveva un sei scarso in disegno...)

17. Lo spettro svestito

A: malla.vilhelm@radionordest.sr.se
Da: jonas.mansson@norrlands.folkblad.se

Grazie, mia inestimabile amica, per la sbobinatura dalla sala da pranzo!

Ma cosa sarebbe "quella faccenda delle mantelle antipioggia"?

A: jonas.mansson@norrlands.folkblad.se
Da: malla.vilhelm@radionordest.sr.se

Rispondo al volo: mi spediscono a una riunione della commissione mobilità, dove si aspettano che intervisti Backlund, la pellaccia più dura di tutti i nostri amministratori locali... ha un modo di circondare con un braccio le spalle delle giornaliste e *confidare* loro le cose... c'infila dentro piccole istantanee della sua vita quotidiana di papà con figli piccoli e raramente sbaglia la mira: nel giro di un quarto d'ora ti ritrovi a dargli del tu e chiamarlo Bosse e a scrivere solo le cose belle che vuole che sappia la gente comune. Il servizio deve essere pronto per oggi pomeriggio e io sono qui che scrivo a te a rischio della mia incolumità, se Benke mi prende con le mani nel sacco, ma devo metterti al corrente della faccenda delle "mantelle antipioggia". La polizia non ha ancora dato in pasto alla stampa questo dettaglio e sicuramente ha le sue buone ragioni.

Non avevo intenzione di lasciarti in sospeso sulla scena in cui Arcigna ha piazzato me e Prosit nell'ingresso immerso nella penombra per farci morire di paura nel vedere il nostro "spettro" passare ai piedi della scala, ma non puoi aspettarti che io funzioni normalmente, no? (Oltretutto come ben sai non lo faccio neanche in circostanze propizie...).

In breve: il nostro "spettro" era, in questo caso, un poliziotto di nome Berggren con le scarpe e i pantaloni neri sopra i quali si era infilato una mantella da pioggia usa e getta, sottile, bianca e fluttuante, con il cappuccio calato verso il basso in modo che la faccia restasse in ombra! Nell'ingresso le pareti e la scala sono rivestite di un pannello grigio che arriva all'altezza della vita, e i gradini veri e propri sono grigio chiaro, e così quando le gambe rivestite di stoffa scura si sono fuse con lo sfondo sembrava che il "fantasma" non avesse le gambe.

Tra l'altro queste mantelle hanno una storia speciale: l'ultima volta che Sveriges Radio ha invitato tutti i dipendenti sparsi nelle varie sedi a un ricevimento nel parco del quartier generale di Stoccolma, a un certo punto si è messo a piovere, e il comitato organizzatore ha pensato bene di distribuire mantelle usa e getta ai presenti (quelli di Radio Nordest c'erano tutti). E la nostra addetta all'amministrazione, Annika Ståhl, non è soprannominata Braccinocorto per niente. Ha fatto il giro e raccolto tutte le mantelle che la gente aveva lasciato lì dopo la festa. Le ha ripiegate per bene e al ritorno a casa le ha messe in un armadio del seminterrato qui a Radio Nordest. Probabilmente aveva pensato di praticare qualche taglio al bilancio tipo vendere le auto di servizio e costringerci ad andare in bici con qualsiasi tempo, muniti di mantelle fluttuanti... (Nel seminterrato gli armadi scoppiano, pieni come sono di roba scartata che Braccinocorto si ostina a conservare come un vecchio scoiattolo). E a dire il vero *abbiamo* preso l'abitudine di infilarcele, ogni tanto, magari quando vogliamo fare un salto alla pizzeria di fronte e piove a dirotto.

Comunque, quando la polizia ha perquisito l'edificio da cima a fondo ha trovato nell'armadio del seminterrato un sacchetto di plastica con una mantella insanguinata ficcata dietro le altre! C'era anche un paio di quei copriscarpe monouso che ti fanno indossare a volte in posti come i consultori familiari, ed erano altrettanto insanguinati.

La teoria è questa: quando è entrato nello studio di Richard e gli ha piantato in testa l'accetta, l'assassino indossava una o forse due mantelle antipioggia sopra i vestiti, e anche i copriscarpe. Mi sento a disagio a parlare di questa cosa, Jonas, e quindi lo faccio di corsa: un lavoro del genere non lo si può portare a termine senza rischiare di sporcarsi. Il sangue schizza, bagna il pavimento... (Tra l'altro è per questo che la polizia il giorno del delitto ha esaminato con tanta cura i nostri vestiti... te l'avevo raccontato, vero?). In un certo senso usare le mantelle da pioggia è stata una mossa geniale: anche se ci fosse rimasta sopra qualche impronta digitale non avrebbe comportato nulla, visto che le abbiamo portate tutti. E neanche si possono trarre delle conclusioni dalle eventuali tracce sui copriscarpe: possono essere stati presi, usati, da qualsiasi ambulatorio pubblico.

Probabilmente l'assassino ha quindi indossato la sua mantella nel seminterrato subito prima dell'omicidio, ed è stato allora che Prosit ha visto passare il suo fantasma. Chi fosse, naturalmente, non lo sa – il viso, sprofondato dietro il cappuccio calato, è solo un buco nero – non riesci neanche a immaginare quanto può essere paurosa una normale mantella da pioggia nella penombra! Insomma, il "fantasma" è salito dalla scala del seminterrato, è entrato non si sa come da Richard, l'ha ucciso, è andato in bagno e si è tolto tutto ficcandolo in un sacchetto di plastica. Forse aveva pensato di battersela dal seminterrato? E l'ha fatto oppure ha abbandonato l'idea? Nel seminterrato c'era qualcun altro? Deiv? Oppure ha nascosto la mantella in un'occasione successiva, prima che arrivasse in forza la polizia? Avremmo reagito in qualche modo se qualcuno di noi avesse attraversato l'ingresso in direzione del seminterrato con un sacchetto di plastica negli attimi di confusione prima dell'arrivo della polizia? Come immagini, ci hanno fatto parecchie domande su questo, ma nessuno sembra aver visto niente, nemmeno l'Occhio Onniveggente, il guru del gabbiotto di vetro in cima alla scala, che se si piazza alla finestra del suo ufficio può vedere chi va e chi viene dall'ingresso del seminterrato sul retro.

E *poi*: perché io ho visto questo fantasma la sera *prima* dell'omicidio? Era una prova generale?

Abbiamo dunque diversi misteri, oltre all'enigma su come l'assassino sia entrato e uscito dallo studio.

Sento sopraggiungere un mal di testa strisciante...

E infilandolo in un bel berrettone di lana corro sotto le raffiche della bufera di neve alla riunione della commissione mobilità!

La mia vita ha avuto momenti migliori!

La tua fedele Malla

/invio/

18. Dal gabbiotto di vetro – IV

Ogni giorno è una lotta.

Vestirmi, andare al lavoro, starmene nel mio gabbiotto e scegliere musiche allegre e gioiose con cui pennellare di colore la grigia vita quotidiana della gente: tutte cose che amo fare da quando sono diventato adulto. Di colpo è come camminare in un sogno: arranco con tutte le mie forze e vedo i piedi che si spostano ma non mi muovo di un millimetro.

E intanto la belva si avvicina.

Perché il mio dono mi abbandona proprio adesso? Sento che la tensione tra i membri della redazione comincia ad aumentare e dovrei essere io a tranquillizzare, risolvere, consolare... invece non vedo niente. Sono cieco in un mondo di ciechi. O forse sordo, piuttosto... ogni volta che costringo i miei pensieri ad avvicinarsi a quella mattina, in un angolo remoto del mio cervello cominciano a risuonare quegli stritolii e sgretolii, aumentando d'intensità fino a riempire tutta la testa... una sorta di folle acufene spirituale, insopportabilmente stridulo e straziante.

Tuttavia sento con estrema certezza che dobbiamo attirare alla luce quest'assassino prima che l'intera cerchia di persone imploda sotto il peso dell'incertezza stessa.

Sta già cominciando a succedere. All'inizio nella sala da pranzo regnava solo un azzurro cielo estivo – penso che paradossalmente, nell'occhio della tempesta, per un breve attimo abbiamo goduto del calore reciproco stringendoci l'uno all'altro per proteggerci a vicenda dal branco di aggressori là fuori – e poi non avevamo più lui, Richard, a sorvegliarci a distanza con il suo oc-

chio onniveggente e il suo sarcasmo pronto a colpire in ogni occasione.

Naturalmente, però, non poteva continuare. Uno di noi ha ucciso un altro essere umano in modo inspiegabile e brutale. Uno di noi, che se ne sta seduto a bere caffè e chiacchierare del più e del meno in sala da pranzo, che battibecca e scherza con gli altri mentre scorrazzano su e giù, presi da Cose e Notizie Importanti. Uno di noi. E lo sappiamo.

È cominciato l'altro giorno, con nuvolette leggere come veli: quelle che preannunciano la tempesta. È stato quando tutti, come un sol uomo, hanno puntato l'attenzione su Carina. È corsa fuori, sferzata dagli sguardi degli altri, dopo aver dato addosso al povero David colpendolo proprio nella sua virilità. Quando mi è passata davanti ho percepito un barlume della sua amarezza...

...SBATTERMENE ALLA GRANDE DI TUTTI QUANTI... MI DISGUSTA... OH, PERCHÉ MI SONO FIDATA DI LUI?... HA AVUTO CIÒ CHE SI MERITAVA... MA FA TANTO MALE...

Carina è priva di barriere psicologiche, è sempre stata quella che riuscivo a intercettare più facilmente, ma adesso ricevo male anche lei e i suoi pensieri non scorrono più con la stessa fluidità di una volta, quando bastava seguirli. Mi aleggiano davanti sfilacciati senza che riesca a capire dove mi conduce un frammento o come si collega agli altri. Chi ha avuto quel che si meritava?

E adesso le nuvole si addensano, diventando sempre più cupe e incombenti. Non abbiamo più la forza di consolarci a vicenda. La minima deviazione dalla routine consolidata diventa minacciosa e sospetta.

David si è lamentato di punto in bianco delle condizioni dei vecchi cavi nel seminterrato e si è rifiutato di andare giù. Perché? si sono immediatamente chiesti gli altri.

Bengt ha raccontato di aver sfoltito alberi e cespugli in giardino ed è sceso un silenzio imbarazzante: tutti se lo sono visto davanti con un'accetta in mano.

L'altro giorno Sam e Tom hanno litigato e per un po' non si sono rivolti la parola. Non è mai successo prima e gli altri li os-

servavano ansiosi. Possibile che sapessero qualcosa l'uno dell'altro che noi invece ignoravamo?

E Kerstin, quella folle ragazza, ha ormai eletto a passatempo l'abitudine di sfidare gli altri raccontando aneddoti odiosi su Richard. Evidentemente i suoi sentimenti non si sono ancora sedati.

Stig non è venuto sobrio al lavoro una sola volta dal giorno dell'omicidio e detto sinceramente sono un po' stufo del fatto che consideri il mio ufficio come un rifugio per ogni occasione, oltretutto fumandoci dentro: «Nei gabbiotti come quescto ci fumano, alla scede centrale di Sctoccolma... è lì che dovrei escere, ormai... ma mi hanno sctroncato la carriera...». Insomma, finisce per perdere e farmi perdere ore e ore di tempo.

Ieri mi sono portato via alcuni cd nuovi per ascoltarli a casa. Li ho messi in un sacchetto di plastica bianco e sono sceso al piano terra per mettermi il cappotto. Malla mi è passata davanti con una pila di fogli tra le mani, sicuramente diretta allo studio uno, e nonostante avesse fretta si è fermata di colpo di fianco a me con gli occhi inchiodati al mio sacchetto, e l'ho sentita con tanta chiarezza da avvertire un dolore fisico:

...UN SACCHETTO COME QUELLO, IDENTICO... SANGUE DAPPERTUTTO... E LUI SE NE STA LASSÙ E SENTE E VEDE TUTTO MA NESSUNO RIESCE VERAMENTE A PRENDERGLI LE MISURE...

Malla è sempre stata diffidente nei miei confronti. È difficile per i giovani ammettere nel loro immaginario le persone più anziane alle stesse condizioni degli altri. Lei mi vede solo come un uomo brutto sul viale del tramonto, che non capisce. Be', non posso biasimarla, anche perché nella sua vulnerabilità di ragazza ha vissuto un terribile choc. La sua avversione mi immalinconisce un po', ma questo è tutto.

Sono invece piuttosto tormentato dalla mia incertezza su come muovermi riguardo a quello che so di Nils. Devo dirlo alla polizia? Sicuramente non ha niente a che vedere con la situazione attuale, o almeno lo spero caldamente. In effetti ho visto Nils con un sacchetto di plastica, ma è successo altre volte e so cosa c'è dentro. Me lo ha detto di persona la mattina in cui, del tutto inaspet-

tatamente, mi sono imbattuto in lui e l'ho scoperto. Poi abbiamo trascorso diverse giornate nel mio gabbiotto ad ascoltare il genere di musica che adora: i blues di Billie Holiday ed Eartha Kitt, e poi un po' di Bette Midler e una punta di David Bowie: uno strano miscuglio per i non addetti. Ma se svelassi il suo segreto e questo finisse nelle mani sbagliate, Nils ne uscirebbe distrutto. Non posso farlo!

Di colpo mi rendo conto di essere depositario di altri segreti oltre al suo. So cosa fa stare sveglio la notte Bengt, perché Stig beve troppo e come mai Kerstin non ha mai trovato la forza di chiudere con un'esistenza che considerava umiliante. Non sono molte le cose, alla stazione, che mi sono del tutto sconosciute, e la maggior parte di quelli che hanno lavorato qui ha avuto modo di mettere alla prova la mia capacità di leggere nel pensiero delle persone. Credo che fino a questo momento quasi tutti si siano sentiti tranquilli, sicuri che io non avrei mai abusato di quanto sapevo. Ma ora? Magari pensano che io sappia chi di loro ha privato Richard del suo diritto alla vita? Che io abbia avuto la possibilità di svelare quel segreto dal mio gabbiotto di vetro e che condannerò l'assassino, o almeno lo smascherò?

Già, ma cosa posso farci, anche se fosse? Piazzarmi al centro della sala da pranzo e gridare: "Io non so niente, quello stritolio ha sgretolato il tempo e sbriciolato il giorno dell'omicidio nella mia testa, e quindi state tranquilli!"?

Eppure adesso ci sto pensando. È tardi, non mi fermo quasi mai così a lungo al lavoro, ma è come se nel mio gabbiotto il tempo fosse rallentato. Al piano terra le luci sono spente, è rimasto solo il faretto direzionale che proietta grandi ombre nell'ingresso. I programmi locali di oggi sono finiti e la radio appoggiata sul bancone sta già trasmettendo il quarto canale nazionale. Sono andati tutti via? Un attimo fa mi è sembrato di sentire, anzi, di percepire un movimento.

Ma devo scendere, non posso fare altro. Il rumore stridente di sassi sgretolati ricomincia a tormentarmi il cervello. Devo andare. Devo.

Scendo le scale. Nell'edificio ci sono *ancora dei pensieri, e non sono i miei! Pensieri che scorrazzano avanti e indietro come topi spaventati a morte nel buio.*

...DEVO MANTENERE LA CALMA. UNA CALMA ASSOLUTA. NON DEVE SUCCEDERE DI NUOVO... ANZI, NON È SUCCESSO... E QUELLO CHE SI DEVE FARE SI DEVE FARE...

Un movimento in un punto vicino alla porta del bagno. E poi l'altra porta. Quella dello studio due, del buio insanguinato lì dentro. Si apre...

E la mia testa si riempie di un fragore improvviso, una luce intensa... e poi tenebra.

19. Un secchio per i pavimenti pieno di acqua rosa

A: jonas.mansson@norrlands.folkblad.se
Da: malla.vilhelm@radionordest.sr.se

L'omicidio è piantato come un chiodo arrugginito nella vita quotidiana, Jonas, non riesco a descriverlo in un altro modo. Tiene tutto fermo e tutto ci s'impiglia dentro, lacerandosi, e l'impressione è che incomba una specie di setticemia generale. Riusciamo a dimenticare solo per brevi istanti, anche se tentiamo continuamente. Tra di noi facciamo più chiasso del solito, ma sappiamo tutti quali pensieri si aggirano senza sosta nella mente di ognuno.

E non c'è un momento in cui non ci venga ricordato quello che è successo.

Un'impresa di pulizie è venuta a lavare lo studio due: un secchio bianco per i pavimenti, pieno di acqua rosa...

Un'inserzione radiofonica in cui si offre un posto di conduttore a tempo determinato con assunzione immediata...

La bandana di Richard, a fantasia paisley rossa e gialla, dimenticata sulla mensola dell'attaccapanni nell'ingresso: nessuno che osi anche solo sfiorarla...

E poi il continuo rimuginare sull'impossibile, quello che non doveva succedere e invece è successo. Ieri abbiamo battagliato di brutto sul tema "camera chiusa" in sala da pranzo: scherzavamo a denti stretti, perché è l'unico modo che abbiamo per avvicinarci all'argomento.

«Sapete...» ha detto Prosit, schiarendosi la voce. «John Dickson Carr ne aveva escogitata una mica male: l'assassino aveva piazzato un blocco di acido carbonico congelato sotto il letto e quando si è sciolto la vittima, non riuscendo a respirare, si è precipitata a una finestra che l'assassino aveva aperto di nascosto ed è caduta, ammazzandosi... e in un altro racconto che ho letto l'arma scomparsa era un pugnale di ghiaccio che uno si era portato in una sauna mettendolo in un thermos e che poi si era sciolto...».

«E con questo cosa vorresti dire?» ha chiesto Che insofferente. «Non c'entra niente con Richard, perché se c'è una cosa che non manca è proprio l'arma del delitto! La domanda è come si sia volatilizzato l'assassino, piuttosto! Se fossi stato tu, Stig, sarei pronta a scommettere che ti sia trasformato in alcol puro e sia semplicemente evaporato!».

Prosit ha assunto un'espressione ferita. «Cambiamo argomento, per favore!» ha detto sollevando la tazza del caffè con mani tremanti. «Ma pensa se l'assassino è svanito nel nulla come nei racconti di Padre Brown di Chesterton? C'è sempre un personaggio che è "invisibile" nel senso che lo si vede ma non ci si fa caso. Come un postino, o un fattorino o un cameriere al ristorante. Esce dalla stanza del delitto e i testimoni non reagiscono, perché non conta».

Kerstin ha sbuffato con tanto trasporto da far tremolare il doppio mento. «E chi sarebbe potuto uscire da uno studio con la scritta rossa accesa senza che nessuno se ne accorgesse? Non pensi che Carina si sarebbe messa a strillare se nel bel mezzo di una diretta avessero cominciato ad andare avanti e indietro postini o lavavetri o elettricisti o disinfestatori dell'Anticimex? No, guarda, l'unico che non sarebbe stato notato poteva essere un tecnico, perché avremmo creduto che andasse a sistemare qualche guaio. La settimana scorsa, quando il server era in sovraccarico e non funzionava niente, c'erano MaMa e Deiv che strisciavano tra i cavi durante tutte le trasmissioni, e a quello ci eravamo abituati. Ma lunedì non strisciavano, MaMa era alla Statoil e Deiv nel seminterrato. Però certo, se Deiv fosse venuto su *esattamente* nell'attimo in cui Nisse, che era seduto vicino alla scala, è stato colto da un leggero attacco epilettico che gli ha fatto perdere conoscenza e una delle ciglia finte di Carina si è spostata costringendola a chiudere gli occhi e una mosca è finita dentro l'orecchio di Benke impedendogli di sentire, allora sì che potrebbe essere stato Deiv! L'uscita, però, richiederebbe una nuova concatenazione di imprevedibili eventi...».

«Nei libri di Patrick Quentin...» ha cominciato Prosit, ma Che ne aveva abbastanza.

«*Smettila* di spargere a destra e a manca nomi di vecchi scrittori di gialli, Prosit! Lo fai solo per darti arie di lettore colto, ma sospetto da sempre che i polizieschi siano l'unico genere letterario di cui tu abbia una vaga infarinatura. L'altro giorno pensavi che Erik Johan Stagnelius fosse l'inventore della carta stagnola! No, io sono convinta che sia stato qualcuno di noi! E non siate troppo sicuri che non si tratti di me, solo perché non sono stata vista in giro! Potrei essere rimasta in agguato nell'ombra dalla notte prima – come ha detto Ohlin – e aver sistemato la maniglia della finestra in qualche modo, dileguandomi da quella parte! A volte mi convinco che sia andata davvero così, perché Richard non lo sopportavo proprio!».

A questo punto è intervenuto Benke Hedning.

«C'erano ben due maniglie chiuse ermeticamente da dentro, e tu sei troppo imbranata per riuscire a fare una cosa del genere, tesoro! Soprattutto considerando che qualche giorno fa ci hai messo venti minuti a cercare di chiudere le nuove borse per i registratori, senza riuscirci! Oltretutto, se fossi saltata giù, nella neve sotto la finestra sarebbe rimasto un grosso affossamento che ti avrebbe incastrata! No, secondo me è stato Haqvin che ha manovrato l'accetta con la mera forza del pensiero! E quando sarà stato dimostrato voglio essere il primo a uscire con la notizia, per lasciarla ai programmi scientifici di Radio Educational solo dopo che avremo spolpato l'osso a dovere!».

A questo punto, Benke è uscito per andare ad affondare i denti nell'ultimo scandalo comunale. Noi invece ci siamo preparati per il funerale di Richard. Si dica pure quello che si vuole sui moderni intellettuali – categoria nella quale amo far rientrare noi giornalisti – ma non c'è dubbio che abbiamo tutti gli armadi pieni di capi adatti alle occasioni come questa. Quando siamo saliti sulle auto della radio per andare al cimitero eravamo confacentemente vestiti di nero, dal primo all'ultimo. C'eravamo tutti, tranne Carina e Deiv.

Al funerale non è successo niente che tu non riesca a immaginarti da solo. È stata una cerimonia infinitamente triste, capace di conferire dignità anche a quella persona piuttosto antipatica che era per me Richard. Non siamo stati importunati da curiosi, perché il funerale non era stato reso pubblico. In chiesa c'erano quasi solo i colleghi, oltre a MaMa, naturalmente. Pare che nessuno dei due coniugi Malmström abbia dei familiari in vita, o almeno lì non c'erano. E nessun amico al di fuori della nostra cerchia. Che strano! Due coppie di anziani, pare di vicini, e qualche rappresentante di club motociclistici, tutto qui. Non abbiamo riempito neanche due file di panche della cappella. E nessuno che abbia tenuto un discorso davanti alla bara. Un funerale molto silenzioso, insomma. Tutti si aspettavano che almeno Nils dicesse qualcosa, invece ha taciuto. Neppure MaMa, che è stata sposata con lui per vent'anni, ha pronunciato una parola: ha solo messo una rosa bianca sulla cassa. Era bellissima, secondo me, con il viso pallido senza ombra di trucco e grandi cerchi scuri sotto gli occhi. Non è che abbia proprio pianto, ma le lacrime sono traboccate dalle ciglia, in silenzio, senza singhiozzi, e lei le ha lasciate scendere. Si è girata e ci ha guardati tutti, ha fatto correre gli occhi lungo le file soffermandosi su ciascuno. In assoluto silenzio, ma mi è sembrato che la domanda rimanesse sospesa nell'aria: chi di voi ha ucciso mio marito?

L'unica che piangeva era Che. E neanche lei singhiozzava. Mugghiava, piuttosto: non c'è altro termine per descrivere quei versi. MaMa le si è seduta accanto e le ha circondato le spalle con un braccio.

Domenica sono andata a trovare MaMa. Non so assolutamente se si può considerare un comportamento corretto, ma non riuscivo a dimenticare il suo viso sottile su cui le lacrime lasciavano solchi luccicanti. Mi ha accolta con calore e cordialità autentici e ho passato lì tutto il pomeriggio. Villa Madeleinero si trova a una ventina di chilometri dalla città, lungo quella che un tempo si chiamava litoranea principale ma che dagli anni Cinquanta, quando è stata costruita la variante, è una strada dimenticata con l'asfalto dissestato.

La casa è immensa, con i vetri a riquadri e le parti in legno smerlate, ornata di verandine e balconi incappucciati di neve. È stata costruita da un qualche nonno paterno che a cavallo tra Ottocento e Novecento era una specie di barone del legno, e probabilmente un tempo era circondata da un parco stupendo: si vedono ancora le tracce di un laghetto davanti alla scalinata che conduce al pesante portoncino, ma ormai sono ridotte a un avvallamento nella neve. Tutto è però in condizioni precarie. Persino una persona priva di qualsiasi spirito pratico come me vede che la vernice si sfalda e lo steccato pende di lato. Non che sia facile immaginarsi Richard in tuta da imbianchino, ma se davvero, come si dice, MaMa ha a sua disposizione milioni di corone in risorse boschive, avrebbe anche potuto affidare i lavori a qualche impresa, no? A dire il vero, quando eravamo sedute tranquille al tavolo della cucina e stavamo mangiando un'ottima torta salata a base di caprino, olive e lamponi artici, sono stata così sfacciata da chiederglielo.

«Sì, certo che potrei permettermi di sistemare la casa riportandola al suo antico splendore» ha detto. «Il fatto è però che per quindici dei vent'anni in cui siamo stati sposati abbiamo parlato di trasferirci da qualche altra parte. Viaggiavamo molto, eravamo sempre sul piede di partenza, e quindi non ci sembrava importante fare la manutenzione necessaria per una casa così grande. Per chi, poi? Di bambini non ne abbiamo avuti. Io sono figlia unica, i miei genitori sono morti precocemente. E Richard… be', lui ha ancora un fratello nel sud del paese, ma ha troncato i rapporti con lui molti anni fa. Probabilmente è stata una follia non vendere per traslocare in qualcosa di più piccolo, ma sono cresciuta qui e ogni lampadario di cristallo, ogni presina per le pentole rappresenta un ricordo d'infanzia. Forse ci si attacca tanto alle cose quando non rimane più nessuno dei propri cari. Io avevo solo Richard, nessun altro. E poi le mie galline e i miei conigli, e qualche pecora». È sbottata in una risatina amara.

Il vento sibilava nella grande casa, facendola schioccare e scricchiolare come un vascello in balia delle onde. Dentro non potevano esserci più di quattordici gradi. MaMa si è scusata ed è scesa in cantina ad aggiungere legna nella caldaia.

Non mi sentivo tranquilla all'idea che adesso abitasse lì tutta sola. Avevamo fatto il giro della casa e l'impressione era che solo una parte delle stanze fosse utilizzata: certe non erano neanche riscaldate. Al piano superiore diversi vani delle porte erano vuoti e neri, mentre il più usato era sicuramente il piano terra, dove Richard aveva una camera sua con vista sullo specchio d'acqua. Gli arredi erano molto eleganti: chaise-longue in pelle scura, libreria dal design ardito in betulla bianca e tappeti autentici. Su una scrivania avveniristica in tubi d'acciaio troneggiava un computer che aveva l'aria di essere nuovo di zecca. Ho notato che aveva anche un grande letto coperto da un vello. Ma allora non dormivano insieme?

MaMa ha seguito il mio sguardo fino al computer. «Richard stava scrivendo un libro!» ha esclamato orgogliosa. «Ogni tanto dormiva qui. Erano mesi che ci lavorava. Oh, si aspettava grandi cose da questo libro. Avrebbe svelato la realtà dietro il lavoro del giornalista e una parte del materiale raccolto era abbastanza esplosiva, diceva. Aveva messo in conto di urtare i sentimenti di diverse persone, ma secondo lui ne valeva la pena. Non era uno che avesse paura!».

Non aveva paura di rendere la vita difficile ad altri, ho pensato io. Ma forse avrebbe dovuto... Che l'assassino fosse uno dei colleghi che magari si era reso conto di rischiare di essere messo in piazza e aveva deciso di bloccare il progetto in maniera drastica? L'acquiescente Nisse, Prosit dalle mani tremanti, Che con il fiatone per i chili di troppo, l'impassibile guru del gabbiotto di vetro, per non parlare di Benke Hedning... sì, si può anche presumere che abbiano insignificanti segretucci che per loro rappresentano grandi buchi neri, ma non riesco a immaginare l'omicidio vero e proprio, considerando l'ira irrefrenabile che deve aver sferrato il colpo con l'accetta e l'astuzia infinita servita a pianificare tutto in un modo che nessuno è ancora riuscito a scoprire.

Ho smesso di pensarci. MaMa mi ha mostrato la camera da letto, molto femminile, con la stufa di maiolica verde, splendide tende e un grande letto matrimoniale con la sopraccoperta a patchwork. Perché avevo la sensazione che ci dormisse da sola da tempo? Ma *questo* non potevo proprio chiederlo.

Poi è arrivato un momento difficile. MaMa ha tirato fuori degli album – saranno stati almeno dieci – pieni di foto sue e di Richard negli ultimi vent'anni. Oh, lui era bellissimo anche da giovane! Portava i capelli a media lunghezza, neri e ricci, e per un periodo si era fatto crescere un folto barbone in cui veniva voglia di seppellire il naso. Sembrava uno splendido selvaggio venuto dalla foresta e indossava sempre abiti che potevano sembrare semplici indumenti da signorotto di campagna ma che in realtà dovevano essere stati confezionati su misura per il suo corpo alto e dalle spalle larghe, sicuramente a un costo adeguato. MaMa era graziosa ma sembrava timida: quando non era seduta ai piedi di Richard con un sorriso adorante rivolto verso di lui, era sempre in procinto di uscire di scena, oppure teneva la testa girata. C'erano parecchie foto scattate in altri paesi, isole greche e Francia meridionale e Gran Bretagna, e anche qualcuna in Africa. Mi sono accorta che in quelle MaMa non compariva neanche una volta: evidentemente era lei che voleva ritrarre lui, e non viceversa. Si ricavava l'impressione che Richard avesse viaggiato solo e avesse piazzato la macchina fotografica con l'autoscatto un po' qui e un po' là, facendosi delle belle foto. Di se stesso in controluce su una scoscesa costa greca, del suo corpo muscoloso e abbronzato, steso su una spiaggia, con un folto cespuglio di peli sul petto.

Era evidente che in quel matrimonio erano in due a essere profondamente innamorati di Richard…

Le immagini nelle quali MaMa aveva l'aria più felice erano quelle in cui qualcuno l'aveva immortalata mentre si occupava delle sue galline e dei suoi conigli. In una rivolgeva un sorrisone all'obiettivo stringendo tra le mani una gallina recalcitrante con le ali spiegate.

Pochissime foto ritraevano altre persone. In una di queste, scattata davanti alla grande casa di legno in una giornata estiva, su una coperta si vedeva una donna sottile in bikini, sdraiata su un fianco, con una cascata di capelli che le copriva metà del viso. Sbirciava da sotto la cortina bionda con le ciglia abbassate in un gesto civettuolo, denti perlacei in un sorrisino enigmatico. Chi era?

MaMa ha sospirato e stirato le labbra, quasi irritata.

«Non la riconosci? È Che. L'abbiamo ospitata qui per un'estate intera».

Un'altra foto ritraeva i colleghi Hedning, Nisse Boss, Prosit e due donne che non conoscevo, seduti attorno a una tavola apparecchiata nel salone. Erano tutti più giovani di almeno quindici anni e la pettinature e i vestiti mi hanno fatto venire da ridere. MaMa era in piedi a capotavola e sorrideva radiosa, con il grembiule attorno alla vita e un enorme vassoio tra le mani. Richard non si vedeva.

Dopo esserci crogiolate nei ricordi nostalgici per ore e ore – o almeno questa è stata la mia sensazione – ci siamo sedute a bere il caffè davanti al fuoco languente nel camino del salone. MaMa ha fissato lo sguardo sulle fiamme.

«Sai cosa mi tormenta di più?» ha detto, quasi con riluttanza, come se facesse fatica a tirare fuori le parole. «Be', che negli ultimi giorni tra Richard e me era successo qualcosa. Un cambiamento. Era tornato da me. Sì, so bene che si era preso le sue libertà, e in direzioni diverse. Per lui era… bah, un hobby come un altro, situabile in qualche punto a metà tra il suo interesse per i gialli americani degli anni Trenta e quello per le motociclette. Si faceva travolgere finché durava, ma si stancava in fretta. E mai che desse in qualche modo segno che era successo: tornava semplicemente a scivolare nella nostra quotidianità senza dire niente. Io me ne accorgevo più che altro perché ricominciava a passare a casa le serate. Nel caso più recente ci è voluto un po' di tempo, ma forse è stato perché la considerava l'ultima volta? Dopo tutto aveva già superato i cinquanta da un po'... Sabato e domenica era così... non lo so...». È sbottata in una risatina triste. «Mi ha trattato come se fossi il modello dell'anno della Harley-Davidson... Ho pensato che forse l'epoca delle scappatelle si era conclusa, che aveva capito dov'era il suo posto... Può sembrare patetico, ma hai sentito anche tu come parlava con me, no? Proprio quel giorno, subito prima...». Si è interrotta e ha cominciato a smuovere la brace con un bell'attizzatoio antico.

La domenica prima? Era stato allora che avevo visto Richard in macchina con Carina, e non aveva propriamente l'aria di aver appena "capito dov'era il suo posto". Ma forse era la scena dell'arrivederci e grazie, anche se Carina non l'aveva afferrato?

È sceso il silenzio. Trasalivo a ogni schiocco della legna e ogni scricchiolio della scala. Avrei potuto giurare che non eravamo sole in casa.

«Senti, Maria» mi sono decisa a dire alla fine. «Non puoi restare a vivere qui senza nessuno! Non hai paura? A me sembra tutto il tempo che ci sia qualcuno che striscia alle mie spalle. Non riuscirei a passare neanche una notte qui dentro!».

Ci ha messo un po' a rispondere. Poi ha detto, calma: «Non sono sola, qui. Ci sono i miei genitori. E anche Richard, dappertutto. Non lo vedi?». Mi ha rivolto un sorriso pieno di dolore. E in quel preciso momento su una parete è passata un'ombra e io mi sono raggelata dalla nuca in su, guardandola fissa negli occhi.

«Sì, è qui, in quasi tutte le stanze» ha mormorato. «Non nell'atelier dove tengo la macchina da cucire, e neanche nella camera degli ospiti o nello sgabuzzino di sopra. Ma in tutte le altre sì. Soprattutto la sua, naturalmente. La sera vado a sedermi lì».

«Intendi dire che il ricordo di lui è così forte?» sono riuscita a dire, con voce rauca.

«Ma no!» ha risposto calma, come se fosse scontato. «Intendo dire letteralmente. Lui è qui».

Jonas, non ho idea di cosa intendesse. Mi sono alzata talmente di scatto che sono finita a faccia in giù su un secretaire rovesciando un vaso di cristallo. E mentre MaMa raccoglieva calma i cocci e cercava di dire che non faceva niente ho composto con dita tremanti il numero del taxi sul mio cellulare.

20. Un'impallinata di sale grosso nel sedere

Nordöstran, *martedì 14 febbraio – estratto dalla prima pagina, inviato per fax a Jonas Månsson, redattore di Norrlands Folkblad*

NUOVO TENTATO OMICIDIO AI DANNI
DI UN DIPENDENTE DI RADIO NORDEST?

Dopo la clamorosa uccisione del popolare conduttore Richard Malmström di lunedì scorso, tra gli addetti di Radio Nordest regna un'atmosfera di puro terrore. E forse ieri sera l'assassino ha tentato di colpire ancora!

Alle 20.05 una guardia giurata passata per il consueto controllo ha trovato svenuto nell'ingresso della sede il programmatore musicale dell'emittente.

Pur non avendo riportato lesioni evidenti, Haqvin Storfjell era confuso e si esprimeva in modo sconnesso. È stato accompagnato in ospedale, dove è stato trattenuto in osservazione.

Niente indicava che il portoncino fosse stato forzato, il che rafforza i sospetti che l'aggressione al programmatore musicale sia stata perpetrata da uno dei dipendenti della radio in possesso della chiave del portone e di quella dell'allarme. Nella giornata di oggi la polizia interrogherà gli altri addetti della stazione.

Carl Östen Ohlin
(firma e foto più grande della volta precedente)

Sbobinatura dell'animata discussione svoltasi nella sala da pranzo di Radio Nordest alle 9.30 di martedì 14 febbraio, registrata e commentata da Malla Vilhelmsson

«L'aggressione al programmatore musicale! Quanto costa far impallinare a sale grosso il sedere di Ohlin?». Bengt Hedning ha indicato con una forchetta Nils Boström. «Tu te ne intendi di questioni legali, Nisse! Cazzo, ci sono gli estremi per una querela! Lo sappiamo tutti qui dentro che Haqvin soffre di epilessia, anche se pare che a volte lui cerchi di rimuoverla, questa cosa. Per la miseria, non è mica la prima volta che crolla a terra con la schiuma alla bocca! È stato per questo che l'abbiamo tolto dalle dirette e piazzato alla programmazione musicale!».

«Ed è sempre per questo che gli abbiamo fatto l'ufficio con le pareti di vetro» ha sospirato Nisse Boss. «In modo che se gli fosse venuto un attacco non dovesse restare lì troppo a lungo. Però era un pezzo che non ne aveva più. Comunque, proprio non capisco dove vada a prendere le informazioni Ohlin, e così in fretta! Anche la polizia deve aver saputo abbastanza rapidamente che è stato un attacco epilettico. E l'ospedale è tenuto al segreto professionale!».

«Il cugino di Ohlin è una specie di vicecapo della Securitas» è intervenuto Sam, che nella coppia Sam-Tom è quello curioso e ha sempre gli occhi pronti a cogliere risvolti e collegamenti nascosti. Tom è più pacioso e prende tutto come viene. I due pionieri dell'Unione Nazionale Omosessuali, Bisessuali e Trans sono dunque rientrati dalle gelide foreste e cercano di compensare l'euforia per il successo dell'azione a Mörtsele (sono comparsi per ben cinque secondi al telegiornale Rapport) con un adeguato dolore per la dipartita di Richard. Non ci riescono granché bene. Richard era un foruncolo anche sul loro bel sederino, come si è poco elegantemente espresso Benke.

«Certo, quelli di *Nordöstran* saranno costretti a smentire la notizia dell'aggressione. Ma non cambia niente: ormai è là fuori e ha messo le ali» ha detto Nisse Boss. «Adesso ufficialmente siamo tutti potenziali criminali. Preparatevi a ricevere strani sguardi al supermercato e telefonate dai tabloid del sud del paese intorno alle quattro e mezzo della mattina. Stanotte me n'è arrivata una. Immagino che anche loro abbiano dei cugini in zona».

Prosit sospirò sonoramente dal naso, così sonoramente che si sente sul nastro (mentre l'alitata acre di sbornia del giorno prima che è uscita in contemporanea non è rimasta impressa).

«C'è da chiedersi cosa ci facesse al lavoro a quell'ora di sera» ha detto. «Di solito Haqvin è puntuale come un orologio, se ne va a casa alle cinque. In realtà non ho voglia di rimuginarci sopra, ma forse lui sa qualcosa che noi non sappiamo. Secondo voi ha fiutato una pista?».

Quasi quasi Prosit sembrava nervoso. Ma non è facile interpretare i suoi tremiti: possono avere origini diverse.

«Sono rimasto fino a tardi anch'io!» ha detto Tom. «Avevo voglia di sentire che effetto facevano le nostre interviste e sono stato costretto a usare lo studio due perché nell'uno c'era qualcun altro. Verso le sette Haqvin e io abbiamo parlato un po' di un'opera che è stata portata in scena a Göteborg. Mi ricordo che ha detto: "Amore e odio sono talmente contigui che a volte sembrano lo stesso sentimento. E possono avere conseguenze altrettanto devastanti". Pensavo che parlasse della trama dell'*Otello*, ma chi lo sa?».

«Non ha detto perché era qui?» ha chiesto Nils.

Tom ha distolto lo sguardo, per poi fissarlo sulle proprie unghie.

«Sì» ammise. «Ha detto che aveva una cosa da discutere con te...».

«Con me?». Nisse tossì in modo forzato. «Ah... sì, è vero, dovevamo parlare di dove ricavare dei nuovi spazi per l'archivio dei dischi! Me n'ero proprio dimenticato! Non ero nemmeno qui!».

Non suonava troppo credibile. Tutti avevano l'aria imbarazzata.

«Ma allora chi c'era nello studio uno?» chiese Che, con il suo solito sguardo attento alle piccole stranezze che richiedevano una spiegazione.

«Io no di certo!» ha esclamato Carina tutta soddisfatta. «In quel momento ero nella mia *jacussi*. Lo sapevate che Deiv mi ha comprato una *jacussi*? A rate, ma cosa importa? È stupeeeendo, posso stare a mollo tutta la sera!».

Si è guardata intorno compiaciuta. Sembra essersi ripresa in modo miracoloso, ma è difficile dirlo: Carina non è affatto scema come sembra. L'atteggiamento da velina è più che altro una delle tante armi del suo arsenale femminile, alla stregua dei colpi di sole ai capelli e delle lunghe unghie scolpite, con pietruzze multicolori incorporate.

Non riuscirò mai a inquadrarla, dovessi vivere cent'anni.

Eravamo stati tutti ripetutamente informati del fatto che Deiv aveva comprato una jacuzzi a Carina e anche del ritorno che ne aveva tratto (ogni sera si ritrovava fra le braccia una ninfa marina massaggiata a dovere, rosea e calda). E a Deiv lo concedevamo tutti volentieri.

«Neanch'io!» ho detto. «Intendo dire che non ero neanch'io nello studio uno, anche se avrei dovuto. Sono indietrissimo con il lavoro. Pensavo di fermarmi stasera, invece. C'è qualcuno che rimane? Non mi alletta troppo l'idea di restare qui da sola...».

«Chiama Ohlin!» ha detto Tom. «Vedrai che si presta volentieri a fare la guardia alla porta! Altrimenti posso tornare io anche stasera. Ieri non ho finito. E ho sentito che Che voleva recuperare un po' di tempi morti. Passo a prendere qualche piatto da asporto al nuovo ristorante indiano, così mangiamo insieme verso le sei».

Benke ci guardava da un po' da sotto le sopracciglia corrugate, in silenzio, e di colpo ha lanciato un'occhiata all'orologio, si è alzato ed è uscito quasi correndo dalla sala da pranzo.

E adesso ti dico cosa mi è saltato in mente di fare, di slancio.

La registrazione dalla sala da pranzo finisce qui, perché ho preso su il registratore e l'ho seguito in punta di piedi. Non pensavo che dovesse uscire per lavoro, dato che in genere ci tiene accuratamente informati su tutto quello che fa, per non dire che annuncia ai quattro venti i suoi scoop. Questa volta invece se l'era battuta alla chetichella, cercando di confondersi con la tappezzeria, e c'era qualcosa di strano anche nel suo linguaggio non verbale. Benke Hedning è un omaccione che in genere sfrutta fino all'ultimo millimetro della sua altezza. Quando entra in una stanza comincia subito a consumare l'ossigeno a disposizione dando mostra di una notevole boria. Non era proprio da lui scivolare lungo i muri con le spalle curve e lo sguardo fisso al pavimento.

Sono rimasta davanti alla bacheca degli avvisi, fingendo di leggere, mentre si infilava il suo parka idrorepellente con ganci e bottoni e profili in pelle (tiene molto alla sua immagine di uomo a contatto con la natura, dato che possiede un grande giardino...). Si è messo un raccoglitore sotto il braccio e si è diretto a lunghi passi verso la discesa che porta in centro. Non prende mai la macchina perché, come dice lui, parcheggiare laggiù costa almeno quindici corone! L'ho seguito quasi correndo.

Benke si è fatto strada in direzione della sede centrale di Sparbanken in mezzo a capannelli di gente affamata in fila per il pranzo. È rimasto un attimo a dondolarsi sulle scarpe davanti all'ingresso, fingendo di leggere i vistosi poster sui fondi d'investimento, ma secondo me stava controllando, prima di entrare, che non l'avesse visto nessuno. Ho aspettato un pochino e poi sono entrata anch'io. Il vantaggio di un aspetto insignificante come il mio è che ci si può muovere tra la gente senza destare attenzione. (Gli svantaggi non è necessario affrontarli qui e ora).

Ho preso il biglietto numerato, solo per apparenza – tra l'altro mi sono accorta soltanto dopo che era per la coda allo sportello del cambio valuta – e ho preso posto su una sedia con lo schienale alto dando le spalle a Benke. Da lì potevo sbirciare con prudenza ogni tanto. Dopo venti minuti non si era ancora mosso. Mi sono sentita ridicola e ho deciso di battere in ritirata.

Proprio in quel momento è comparso il suo numero sotto la scritta "consulenza finanziaria". Ha preso posto davanti a una scrivania dietro la quale era seduto il consulente e poi è cominciata una sequenza di immagini che si riusciva a interpretare con la stessa chiarezza di un film muto con tanto di didascalie inframmezzate.

Benke ha tirato fuori dalla sua cartellina un foglio dopo l'altro, indicandoli implorante. («Guardi! Valgono oro, tutti quanti!»). Il consulente scuoteva la testa. («No, signore, sono spiacente!»). Benke ha battuto il pugno chiuso sul suo raccoglitore. («Lei sta commettendo un grave errore, caro ragioniere!»). Il consulente ha sollevato una mano per fermarlo. («Neanche un centesimo di più!»). Benke ha implorato con i palmi rivolti verso l'alto. («Ma abbia un po' di pietà...!»). Il consulente ha scosso la testa ripetutamente, come un paziente affetto da Parkinson. Non ci si poteva sbagliare: quei due si erano già incontrati altre volte, più o meno nelle stesse vesti. Mi sono sentita una guardona.

È finito tutto nel giro di dieci minuti. Le spalle di Benke erano più spioventi che mai e uscendo è rimasto a lungo in piedi davanti agli schermi delle agenzie immobiliari su cui scorrevano le immagini delle case sul mercato. La villa ce l'aveva... probabilmente stava pensando di metterla in vendita.

Ha ripercorso lentamente la strada principale in direzione di Radio Nordest. Le stesse spalle spioventi, gli stessi passi strascicati. Davanti a ogni cartello che strillava SALDI – OFFERTE – LIQUIDAZIONE si fermava a rimuginare.

Il ragazzo aveva problemi di soldi. Quanti, e perché, e Richard c'entrava in qualche modo?

Sono riuscita a tornare alla mia scrivania subito prima che rientrasse, ma sebbene fosse stato fuori senza permesso per ore (e non sapesse che io avevo fatto altrettanto) ha avuto il coraggio di darmi una lavata di capo urlandomi che ero pigra e lenta. Era di pessimo umore e in quel momento non ho avuto difficoltà a capire che, se l'avessi visto con un oggetto contundente – o un'accetta – in mano, avrei fatto meglio a evitarlo.

Verso le quattro l'ho visto entrare nel Loculo con Che. Non potevo lasciarmi sfuggire l'occasione! Mi sono infilata senza far rumore nel Budello e ho collegato alle cuffie il microfono nello studio uno. Poi me le sono messe e ho ascoltato, ricordandomi di girare ogni tanto qualche manopola in modo da sembrare impegnata in tutt'altro lavoro, nel caso mi avessero visto attraverso il vetro. Dopo quello che le era successo nell'attimo della passione travolgente con Richard, tanto tempo fa, Che avrebbe dovuto aver imparato la lezione. Invece parlottavano senza accorgersi di niente, tutti presi dalla conversazione.

«Kerstin, tesoro, non è che potresti prestarmi un po' di soldi? Mi serve una somma consistente per un paio di mesi. Ci metto la casa come garanzia che li riavrai per tempo. Ce l'avrai, no, un qualche gruzzoletto che puoi prestarmi per un periodo limitato?».

«Benke, sono anni che fai pessimi affari. Sarei una cretina se ti prestassi dei soldi! Cosa succede?».

Silenzio. Benke ha cercato di cominciare più volte, finendo sempre per richiudere la bocca. Alla fine ha sussurrato, la voce talmente livorosa da far appassire tutte le piante in vaso nel raggio di diversi isolati: «Ho dato ascolto a quel figlio di puttana di Richard una volta di troppo. Sembrava che fosse un esperto, in fatto di azioni! Mi ha lasciato intendere che era stato lui a rimpinguare le casse ormai scarseggianti dell'eredità di MaMa e che per questo si rotolavano nell'oro, adesso. E di certo non era uno che risparmiasse, quanto a spese personali! Le banche non danno mai suggerimenti utili. Se sono a conoscenza di qualcosa che valga davvero la pena, se lo tengono per sé. Ai clienti gettano solo gli ossi già spolpati. Diceva lui. E così ho passato una sera a cercare di spillargli consigli, perché al momento avevo cinquantasettemila corone libere di cui non avrei avuto bisogno fino alla scadenza della rata semestrale del mutuo, il mese prossimo. Non voleva dare consigli a nessuno, ha detto, ma come di sfuggita mi ha raccontato che suo fratello, che lavora in banca a Malmö, aveva piazzato metà del suo patrimonio in una joint-venture russo-svedese. Non ti dico neanche come si chiama perché mi riterresti ancora più cretino. Se n'è parlato anche sui giornali... al capocordata hanno dato tre anni. Insomma, ci ho piazzato dentro tutti i miei cinquantasette bigliettoni. Naturalmente davo per scontato che l'avesse fatto anche Richard, e invece no, cazzo! Quando è saltato fuori che si trattava della megafregatura Orvar gli ho chiesto a brutto muso come era andata a finire con i soldi suoi e di suo fratello. E lui ha fatto un sorrisino e ha detto che col cazzo che ci aveva messo un centesimo, lì dentro: aveva piazzato tutto su Nokia e triplicato il capitale in un anno! E suo fratello lavora davvero in banca, ma a sentire MaMa non si parlavano più da un sacco di anni. Era tutta una balla. E io gliel'ho letto in faccia, me lo sentivo chiaramente, capisci, che sapeva benissimo di avermi fuorviato di proposito e che dentro stava ridendo a crepapelle. "Una soffiata sicura sulla Russia, una vera miniera di diamanti! Adesso magari ci rimette anche la casa..."».

«Ma Benke, scusami tanto, come farai a ridarmi i soldi se ti faccio un prestito? Abbi cuore! Lo sai che faccio fatica a rifiutare soldi alla gente!».

Di colpo Benke si è fatto prendere dalla foga.

«Ma si tratta di quel posto di direttore della programmazione! Adesso lo daranno a me, è sicuro al cento per cento! E vale quattromila corone di aumento al mese! Ci vorrà del tempo, ma mi rimetterò in sesto!».

«Intendi dire adesso che non c'è più Richard a farti concorrenza?».

Lungo silenzio.

«Sì» ha mormorato Bengt Hedning.

21. Omicidio in chiave politica?

Nordöstran, *mercoledì 15 febbraio:*

L'OMICIDIO È STATO UNA VENDETTA POLITICA?

La polizia ha lavorato fin dall'inizio sull'ipotesi che qualcuno dei dipendenti di Radio Nordest abbia perpetrato l'omicidio da solo o fatto entrare dei complici dall'esterno. *Nordöstran* ha avuto contatti con fonti che riferiscono della presenza, nella stazione radio, di numerose persone con un passato nell'estrema sinistra. Negli anni Settanta e all'inizio degli anni Ottanta avrebbero portato avanti apertamente una militanza attiva, ma in segreto potrebbero anche aver coltivato rapporti con movimenti politici estremisti di tipo terroristico.

Una persona in particolare risulta aver intrapreso tra il 1976 e il 1978 ripetuti viaggi in Irlanda, durante i quali potrebbe aver allacciato contatti con l'organizzazione terroristica IRA, all'epoca molto attiva. Uno dei viaggi si svolse subito prima che l'IRA facesse saltare in aria un'auto di pattuglia a bordo della quale si trovavano agenti della polizia militare inglese. Nell'attentato morirono cinque soldati britannici. A quanto è dato sapere, la polizia svedese non ha mai indagato su questa connessione. All'epoca in cui nei partiti dell'estrema sinistra si inneggiava ancora apertamente a Stalin, Richard Malmström era uno dei tanti che alla fine degli anni Settanta flirtava con il movimento. Forse sapeva troppo?

Aftonbladet, *giovedì 16 febbraio:*

CONDANNATO PER MALTRATTAMENTI
FRA GLI INDIZIATI DI RADIO NORDEST!

Tra i dipendenti di Radio Nordest sospettati dell'omicidio di Richard Malmström ce n'è uno che ha riportato in passato una condanna per maltrattamenti. Pare che durante un concerto alle porte di Böleå l'uomo abbia aggredito uno dei musicisti del gruppo Saturday Night Stompers procurandogli alcune lesioni. L'aggressione non era stata preceduta da alcuna provocazione e si era verificata in maniera del tutto improvvisa.

«Io quello non l'avevo mai visto prima!» sostiene il musicista aggredito, con cui *Aftonbladet* è riuscito a mettersi in contatto. (Attualmente è in servizio presso l'Unione Nazionale Parchi Popolari come consulente artistico).

«L'uomo era con tutta probabilità in stato di ubriachezza, ma che io sappia non avevamo conti in sospeso. L'aggressione è stata del tutto inaspettata e inspiegabile».

Aftonbladet si chiede oggi: Sveriges Radio esercita un controllo sui suoi dipendenti? Com'è possibile che un noto criminale possa annidarsi in questo mezzo d'informazione che in caso di agitazioni politiche svolge un ruolo sociale così importante?

Expressen, *giovedì 16 febbraio:*

CHI È LA DONNA MISTERIOSA NELL'INTRICATA VICENDA
DI RADIO NORDEST?

Gli abitanti degli isolati che circondano l'antica casa del mercante in cui ha sede Radio Nordest hanno visto in più occasioni una donna misteriosa accedere all'edificio dall'entrata del seminterrato, usando una sua chiave, spesso la mattina presto, prima dell'inizio delle trasmissioni. Secondo le dichiarazioni raccolte, è pesantemente truccata e porta stivali con tacchi molto alti, una corta pelliccia bianca e a volte addirittura le calze a rete, a prescindere dalla temperatura esterna. Chi è? Qualcuno dei dipendenti ha una relazione con lei e utilizza la sede della stazione radio per i suoi convegni amorosi? Si tratta di una delle prostitute est-europee che negli ultimi anni sono giunte in Svezia passando per la Finlandia? Ma in questo caso come mai arriva alla radio la mattina? Non sarebbe più verosimile che trascorresse la notte lì insieme al suo ignoto amante, dipendente della radio, per poi andarsene all'alba? Oppure ha qualcosa a che fare con l'omicidio di Richard Malmström?

Telegiornale del terzo canale, giovedì 16 febbraio:

«La polizia di Böleå sta prendendo in considerazione l'ipotesi che a uccidere il conduttore radiofonico Richard Malmström siano stati rappresentanti della mafia russa, o in alternativa che questi possano essere stati preceduti da una banda di terroristi dell'IRA. Forse anche il noto criminale che lavora alla stazione radio ha fornito il suo appoggio dall'interno».

22. Per il noto criminale le cose si mettono meglio

Dal diario di Malla Vilhelmsson, domenica sera

«Sapete che vi dico? Chissenefrega di *Aftonbladet*!» sbotta Deiv. È seccato di essere stato additato come "noto criminale" dal giornale, ma la prende con filosofia. Tutti i suoi amici e conoscenti sanno che il suo crimine consiste soltanto nell'aver messo sotto tensione una chitarra elettrica. Metà è indignata in vece sua, l'altra metà trova emozionante tutta quell'attenzione sulle colonne di un quotidiano. Deiv tende agguati nei corridoi e quando passa uno di noi salta fuori all'improvviso con urla minacciose, giocando al criminale incallito, ma devo dire che ormai mi sono stufata di questa storia. Non è poi *così* divertente essere pizzicati su una chiappa con un morsetto a coccodrillo. L'unica cosa che sembra disturbarlo è che la polizia non gli dà troppa importanza.

Stranamente, pare che tra lui e Carina si sia riaccesa la fiamma! La sua nuova immagine di "violento" suscita in lei risatine compiaciute. L'altro giorno l'ha afferrata per i glutei e se l'è issata sulla spalla come un sacco di patate, per poi galoppare in tutto l'ingresso con lei che strillava come un antifurto per auto impazzito. E non basta: Deiv va dicendo a destra e a manca che intende "vuotare il sacco" in cambio di una bella sommetta. «Dovranno litigare per avermi!» afferma soddisfatto. Secondo me è lì che aspetta che Alice Bah e Brigitte Söndergaard vengano a chiedere la sua mano.

La notizia di *Expressen* sulla donna in calze a rete è esplosa come una bomba. Ieri Arcigna e i suoi uomini sono stati qui tutto il giorno a interrogarci sull'argomento. Siamo arrivati presto alla conclusione che i maggiori indiziati erano Bengt Hedning e Nisse Boss. Nessuno dei due può portarsi nella villetta a schiera, dove lo aspetta la mogliettina, opulente signorine russe, mentre i single Prosit e Haqvin, volendo, potrebbero anche tenerne un harem nel sicuro rifugio di casa loro. Che Carina possa concedere a Deiv giocattolini del genere è escluso da tutti e Sam e Tom sono impensabili. È un bel mistero, non c'è che dire. Non riesco a immaginare né il collerico Benke né il remissivo Nisse nel ruolo di puttaniere bavoso. Benke non può permetterselo e Nisse... be', Nisse, quello smidollato, non s'imbarcherebbe mai in una qualche transazione senza farsi rilasciare lo scontrino da accludere come "allegato 1" nel rendiconto per i suoi superiori.

Non avrei invece fatto nessuna fatica a immaginare Richard che inseriva sul cellulare il suo numero di carta di credito e ordinava un qualche genere di passatempo biondo quando gliene veniva la voglia. Qualcuna disposta a concedergli assaggi gratuiti anno dopo anno, convinta che prima o poi lui l'avrebbe sposata.

A parte questo, sono tutti imbestialiti per Che: la pericolosissima terrorista con addentellati nell'IRA dell'edizione di *Nordöstran* di mercoledì sarebbe lei.

«Sì, sono stata in Irlanda alcune volte alla fine degli anni Settanta!» ha borbottato. «Avevo poco più di vent'anni! Lui si chiamava Padhraigh! Capelli ricci, rossi, e gli mancavano gli incisivi: diceva di essere un rivoluzionario e di aver perso i denti in un corpo a corpo e io gli credevo, anche se poi è venuto fuori che se li era fatti saltare una volta che, ubriaco, era volato dalla bicicletta. L'azione più rivoluzionaria che abbia realizzato è stato sbraitare "*We're off to Dublin in the Green*" dopo quindici Guinness. Ne sono abbastanza sicura, perché una volta l'ho sentito vantarsi con gli amici di aver partecipato ad azioni notturne con l'IRA, e sapevo benissimo che le uniche azioni notturne che aveva intrapreso erano quelle in cui ero direttamente coinvolta io. Tra l'altro, dopo quindici Guinness non è che di azione ne rimanesse molta... E come cazzo l'ha scoperta poi questa storia *Nordöstran*? Padhraigh un terrorista! Dio santo...».

«Gull-Britt Norén!» ha tagliato corto Benke. «All'epoca eri sua vicina, non ti ricordi? Quando andavi in Irlanda si occupava del tuo gatto! Adesso è sposata con il redattore di notte di *Nordöstran*».

Prosit, seduto lì accanto, aveva l'aria malinconica. Forse pensava alle quindici bottiglie di Guinness scolate tanto tempo addietro. È dal giorno dell'omicidio che si presenta alla stazione con regolarità e in normale orario di lavoro, e già questo è un tantino sospetto. Ha cominciato anche con un'altra stranezza: secondo me osserva i colleghi di nascosto, con uno sguardo furbo. E più di una volta l'ho sorpreso a scendere o salire dal seminterrato con qualche sacchetto in mano. Cosa si portava in giro?

Che cosa so io in realtà di Prosit? Niente! È vero che secondo MaMa quando è sobrio è del tutto innocuo e dotato di buon cuore (affermazione che trovo difficile da verificare), eccetera eccetera. A me risulta solo che fosse nell'edificio al momento dell'omicidio, a detta sua ubriaco, ma non è certo impossibile versarsi un po' di cognac sul bavero della giacca per puzzare d'alcol e poi recitare la parte dello sbronzo. Quanto al movente, non c'è bisogno di cercare a lungo. Un accenno mirato al suo problemino da parte di Richard e da Stoccolma sarebbe arrivato il provvedimento per buttarlo fuori dalla radio: bastava un pretesto attendibile. E a Richard davano ascolto, quelli della sede centrale. Al cenone era seduto molto vicino a una delle dirigenti principali e tutti noi avevamo fatto delle battute sul modo in cui s'inebriava della sua presenza come se recitasse in uno spot pubblicitario per un profumo da uomo.

Ho deciso di tenere d'occhio Prosit.

Non è stata un'idea brillante.

Chi, se non un'ingenua campagnola come Malla, può illudersi di riuscire a fregare in astuzia un vecchio alcolizzato, schivo come gli animali della foresta e dotato dello stesso fiuto?

Mi ci sono voluti due giorni di pedinamenti maldestri che

devono aver confuso chiunque mi vedesse seguirlo con passo felpato. A un certo punto l'ho sorpreso davvero giù nel seminterrato, davanti all'armadietto delle mantelle da pioggia. Ho sentito scattare qualcosa dentro di me: ecco la prova! Chi sarebbe stata la prossima vittima? Io? Ho girato sui tacchi per battermela.

Lui mi ha visto ed è arrossito fino alla punta dei capelli. Da sotto lo strato di mantelle aveva appena tirato fuori... una bottiglia di whisky al malto. Ah, ecco.

Mi sono resa conto con imbarazzo che come detective non sono neanche al livello del cane Timmy dei libri della Blyton sulla Banda dei cinque, e che da quelli su Nancy Drew mi avrebbero già sbattuta fuori. In pratica non ho risolto niente, non ho scoperto un bel cavolo se non che Benke è messo male a soldi e che Prosit è alcolizzato, cosa che già si sapeva da prima.

È ora di convocare il mio caro signor Omar.

Sono andata al telefono e ho chiamato il mio fedele Jonas. Mi ero quasi dimenticata che esiste anche quell'apparecchio: mi capita di stare lì a lamentarmi della posta elettronica che si blocca senza che mi venga in mente che posso telefonare. Quando mi ha risposto, però, Jonas aveva la voce assonnata: erano le undici e mezza. Ha promesso che cercherà di inventarsi un reportage per essere mandato in missione dalle mie parti appena possibile. Ho bisogno di te, Jonas, ho bisogno di te e non solo come co-segugio. Mi mancano i tuoi capelli neri da punk e i tuoi severi occhiali anni Cinquanta, i tuoi strani vestiti acrilici di seconda mano con quei collettoni assurdi. Mi manca tutto di te, anche se ovviamente non ho intenzione di dirtelo.

Soprattutto considerando le lunghe chiacchierate notturne che facevamo su tutto quello che ci saltava in mente quando eravamo compagni al corso di giornalismo... Seduti castamente una di fianco all'altro sul letto della mia stanza in affitto. Chiacchierate che si concludevano sempre con l'assicurazione reciproca che la storia che un ragazzo e una ragazza non potevano essere amici e solo amici era una stronzata. Bastava guardare noi!!!

23. La voce dall'aldilà

A: jonas.mansson@norrlands.folkblad.se
Da: malla.vilhelm@radionordest.sr.se

MaMa sta affrontando la situazione con ammirevole compostezza e, stranamente, non sembra troppo cambiata. Si veste di nero, ma lo faceva anche prima, ed è taciturna e gentile come sempre. L'unico indizio rivelatore dei suoi nervi tesi è che ha cominciato a fumare come una turca. Proprio lei, che stava sempre addosso a Richard perché smettesse! Oggi pomeriggio abbiamo fatto la pausa caffè insieme e di colpo mi è venuta l'idea di parlarle delle mie ridicole aspirazioni da detective dilettante. Avrebbe avuto la forza, la voglia di ascoltare? Probabilmente era in grado di fornirmi una serie di particolari per completare i miei tentativi di svelare retroscena nascosti, cosa che tu non potresti mai fare.

Eravamo alla pasticceria Sandberg e stavamo masticando pensose i nostri sostanziosi tranci di millefoglie. (La Sandberg è l'unica in città che permetta di rivivere le visite in pasticceria dell'infanzia, complete di aspidistre dalle foglie ammosciate, riviste vecchie e mobili foderati di finta pelle. Tutti gli altri bar sono ristrutturati in stile moderno e hanno nomi inglesi, servono diciotto varianti di espresso e brownies americani grossi come coperchi del water. E si è costretti ad appollaiarsi su sgabelli altissimi finché si viene colti da crampi ai muscoli delle cosce).

Prima abbiamo parlato a lungo di Richard. Delle cose che diceva di solito, dei reportage che aveva fatto, di quanto fosse apprezzato dagli ascoltatori. Non è un argomento di cui vuole evitare di parlare, il suo Richard, anzi: se solo si sfiora con tatto l'argomento i ricordi cominciano a piovere come frutti troppo maturi dall'albero.

Quasi mi veniva da sbadigliare. Di colpo ha smesso di parlare e mi ha scrutato.

«Senti, Malla, tu non hai pensato affatto a chi potrebbe aver... aver ucciso Richard?».

Mi ha preso in contropiede, proprio mentre ero lì che rimuginavo senza impegnarmi troppo su come trovare il coraggio di condurla sull'argomento. Per pura sorpresa ho risposto con un: «Noooo...».

«Io sì, invece!» ha esclamato lei, sporgendosi in avanti con i gomiti sulle ginocchia. Era seduta così vicina a me che ho visto le rughe sottili intorno agli occhi e la pelle rilasciata del collo sottile. Portava la fede di Richard attaccata a una catenina d'oro.

«In realtà non riesco a pensare ad altro, notte e giorno. Mi fermo nell'ingresso, al lavoro, davanti alla targa con i nostri nomi e le foto e penso: chi? Chi dei nostri colleghi, bonari e pacifici, ha piantato un'accetta – un'*accetta*! – in testa a mio marito? Prosit? Kerstin? Carina? Chi? E neanche posso parlarne con qualcuno, perché cosa succederebbe se affrontassi l'argomento proprio con quello che l'ha fatto? Tu sei l'unica, Malla, perché quando è successo eri di fianco a me. Non te lo sei chiesto?».

«Sssssì...» ho esitato, sbirciando verso di lei. Davanti agli occhi mi danzava tutto quello che avevo letto sulla deontologia professionale.

Intervista con un familiare ancora in stato di choc: da evitare.

Intervista basata sulla conoscenza personale, approfittando della fiducia: assolutamente da evitare!

«Non pensare che sia così stupida da credere che Richard fosse popolare come vogliono presentarlo oggi i giornali» ha continuato. «Riusciva a mettersi contro parecchia gente, e nel corso degli anni ne ho avuto la dimostrazione. Non tutti hanno il suo stesso senso dell'umorismo!».

Senso dell'umorismo? L'esercizio dell'umorismo da parte di Richard equivaleva al reato di minaccia aggravata!

«E qui dentro c'era gente che non lo capiva, anzi, aveva addirittura paura di lui!» ha detto con aria assente, girando il cucchiaino nella tazza come se pensasse di scavarne ulteriormente il fondo. «Mi chiedo se Nils non fosse un po' spaventato! A volte Richard era di una perspicacia martoriante e la sua opinione era che se qualcosa non andava era giusto metterlo in luce e discuterne!».

Perspicacia! Discutere di quello che non andava! Era così che MaMa vedeva le imboscate che Richard tendeva al povero Nisse Boss durante le riunioni mattutine? Mi sono decisa a parlarle con franchezza, una volta per tutte: «Nisse aveva paura di lui! E forse lo troverai orribile, ma io lo capisco! A volte Richard era difficile da sopportare, mi dispiace ma è quello che penso! E Nisse non ha propriamente la battuta pronta né sa rispondere a tono! Richard era capace di stenderlo con un paio di frecciate ben piazzate prima ancora che lui riuscisse a schiarirsi la voce!».

Ho sentito che avevo il viso in fiamme. Si era accorta di quanto detestavo il suo adorato marito?

Si è lasciata scappare un sospiro. «Pensi davvero che Nisse avrebbe potuto...».

«No, non ho detto questo! Però posso immaginare che, dopo essere stato stroncato una volta di troppo, abbia perso il controllo! Anche se veramente propendo di più per Bengt!».

E le ho raccontato quello che avevo scoperto dei pessimi affari di Benke, del posto a cui ambiva, dell'accenno di Deiv al fatto che aveva "fatto qualcosa" per far restare Carina, del mio senso di disagio nei confronti di Haqvin, e per poco non mi sono lasciata scappare qualcosa sull'odio di Che a causa della vecchia relazione avuta con Richard. Solo a questo punto mi sono resa conto di chi avevo davanti e ho inchiodato al punto che si sono sentite stridere le gomme. Per una vedova ancora in lutto non doveva essere piacevole sentirsi dire cose di questo genere!

MaMa mi ha scrutato a lungo.

«Hai davvero intenzione di mettercela tutta per scoprire com'è andata, vero?».

«Hai qualcosa in contrario, MaMa? Se non incastriamo chi ha ucciso Richard finiremo tutti appesi, di fronte e di profilo, nelle bacheche dei commissariati del paese intero! Ne sono convinta!».

Ha annuito.

«Già. Ohlin non si arrenderà. Ha tutte le intenzioni di conquistarsi un premio nazionale per il giornalismo d'inchiesta, grazie a questa storia. Non ti metterò i bastoni tra le ruote, anzi: se posso ti aiuto volentieri. Per tante ragioni. Anche se veramente sono piuttosto convinta su *chi*: solo che non so *come*».

«Chi?».

«Carina, naturalmente».

Dovevo essere tutta contratta per lo sforzo di tenere sotto controllo l'espressione facciale, perché ha fatto un sorrisino triste e ha detto: «Sì, lo so, pensi che l'abbia presa di mira perché Richard aveva mostrato interesse nei suoi confronti. Ma ti ricordi quello che ti ho detto, la sensazione che avevo di aver riavuto indietro mio marito? L'hai vista come mi fissava quando ha sentito come lui si rivolgeva a me, quella mattina?».

L'avevo vista, sì.

«Se lei fosse rimasta sola con lui al piano terra, in quel momento» risposi «allora direi che c'erano movente-mezzo-occasione, "signorina mi segua per favore e tutto quello che dirà potrà essere usato contro di lei", e così via. Ma non capisco come possiamo aggirare il piccolo ostacolo costituito dalla presenza di Benke e Nisse di fianco a lei!».

Mi sono accorta di essere passata alla prima persona plurale. Da quel momento MaMa era diventata, se non proprio la mia socia come te, mio caro Jonas, almeno un'iniziata.

Lei si è limitata a sospirare e girare il cucchiaino nella tazza.

«Ma non era previsto» ha mormorato. «Hai pensato al fatto che in realtà avrebbe dovuto essere sola nell'ingresso? David non arriva mai così presto, e neanche Nisse, e Bengt sta sempre al piano di sopra. In circostanze normali avrebbe avuto campo libero. E magari la trappola era già stata tesa, chissà come!».

«Non ho capito il ragionamento. Perché, considerando che in genere era sola con lui al piano terra, avrebbe dovuto scegliere proprio il giorno in cui *non* lo era per ucciderlo?».

MaMa ha assunto un'espressione di sfida ostinata, come una bambina che non riusciva a imporre la sua volontà.

«Proprio per questo, naturalmente! Se fosse stata sola, tutti i sospetti sarebbero senza dubbio ricaduti su di lei, non lo capisci?».

In effetti non aveva tutti i torti, anche se vedevo ancora i suoi sospetti come una pura chimera. E se davvero era stata Carina, non riuscivo comunque a capire come avesse fatto.

«Oppure» ha continuato MaMa infervorata «oppure ha semplicemente lavorato in combutta con David! Chissà cosa poteva fare lui dal seminterrato? Magari ha messo in piedi una trappola azionabile elettricamente? Qualcosa di cui poi Carina ha fatto sparire le tracce? David ne è capace: l'ha già fatto una volta, e gli è costato caro!».

L'ho guardata, sorpresa.

«Parli di quella chitarra elettrica, MaMa?».

A questo punto non ha voluto dire altro e ha stretto le labbra sottili. «A dire il vero non voglio che sia stato lui» ha mormorato poi. «È un bravo ragazzo, anche se per i miei gusti è un po' troppo chiassoso».

Ho rimuginato per un po' sulla sua ipotesi di una connivenza tra Deiv e Carina. Già mentre tornavo a casa ho trovato il punto debole del ragionamento: se Carina voleva uccidere Richard perché lui l'aveva scaricata, Deiv non aveva alcun motivo di aiutarla. E se Deiv voleva uccidere Richard perché gli aveva fregato la ragazza, Carina non aveva a sua volta alcun motivo di aiutare lui. Insomma, non sono riuscita a pensare a un movente che potesse valere per tutti e due.

/invio/

A: jonas.mansson@norrlands.folkblad.se
Da: malla.vilhelm@radionordest.sr.se

Jonas, non ce la faccio più!!! Devi venire *subito*! Senti qui cos'è successo.

Verso sera sono tornata in sede a fare un paio d'ore di straordinario. C'erano Tom e Che. Intorno alle sei, in sala da pranzo, abbiamo mangiato un pollo tandoori da asporto direttamente dai contenitori di alluminio, e poi ci siamo messi ciascuno al suo computer, presissimi da quello che stavamo facendo. Quest'ultima settimana siamo rimasti un po' tutti indietro nel lavoro. La neve turbinante sferzava le finestre e il vecchio edificio scricchiolava e schioccava anche nelle stanze dove non c'era nessuno. Io mi ero messa nello studio uno, intravedevo Tom nel Budello e sapevo che Kerstin era di sopra, altrimenti sarei andata a casa, mi sa. Chi ha voglia di starsene da solo in un casermone cigolante in cui qualcuno è appena stato ucciso con un colpo d'accetta? Per quanto mi sforzassi di farlo, faticavo a scacciare dalla mente il ricordo del secchio pieno d'acqua rosa: l'immagine era come agganciata ai margini del mio campo visivo, pronta a sfuggirmi appena cercavo di fissarla.

Kerstin è stata la prima a gettare la spugna: verso le otto si è affacciata sulla porta, barcollando di stanchezza. Le borse sotto gli occhi erano grandi come le tasche del cappotto. Cosa fa di notte?

Verso le nove e mezza Tom mi ha chiesto se non era ora di lasciar perdere. Io avevo quasi finito di montare l'intervista in un cantiere con cui avevo pensato di blandire Benke in vista dell'avvicinarsi della scadenza del contratto. Il lavoro aveva finito per assorbire tutta la mia attenzione ricacciando il secchio di acqua rosa nel subconscio, le luci al neon ronzavano pacifiche, il quarto canale trasmetteva musica da fisarmonica, e chi immagina che possa succedere qualcosa di brutto sulle note dell'orchestra di Carl Jularbo? Tom è andato via, io ho alzato le spalle e sono rimasta.

Ero quasi in dirittura d'arrivo: dovevo solo copiare il rumore della betoniera e piazzarlo qui e là nel servizio! Io e il capomastro del cantiere di costruzione del nuovo palazzone avevamo registrato l'intervista alla fine della giornata lavorativa, immersi in un silenzio vuoto e ventoso, perché erano già andati tutti via, ma il servizio sarebbe risultato più autentico con qualche rumore e movimento in sottofondo. Ho alzato ancora un po' il livello e poi ho tagliato quella battuta cretina che aveva fatto sulle donne grasse e ho aggiunto un inserto parlato con delle statistiche sull'edilizia. Ecco fatto! Dentro la sigla, sfumata con il rumore di un camion che passa. Sono andata avanti e indietro con il mouse a fare copia e incolla, tanto ormai si fa in un baleno, pensa un po' come sono diventata brava nel montaggio di queste cose qui! Proprio io che per poco non sono stata espulsa dalla scuola materna perché con colla e forbici combinavo dei gran pasticci! Mmmm mmmm... mugolavo a ritmo di hambo, la mia danza tradizionale preferita. Infine, un ultimo spostamento della gru, sigla finale... fatto!

Ho salvato tutto sul disco fisso e inserito il servizio nella mia cartella del server, chiamandolo "intervistacantiere". Ma... cos'era quel file nella mia cartella? Pensavo di aver cancellato quasi tutto, visto che Deiv ci sta sempre addosso dicendo di eliminare i vecchi file audio perché occupano troppo spazio e finisce che il server va a singhiozzo! L'altro giorno Che ha involontariamente dato agli ascoltatori il buongiorgiorgiorgiorgiorgiorgiorgiorgiorgiorgiorgiorgiorno in diretta!

"La voce dall'aldilà"?

Che diavolo... Quel file non ce l'ho messo certo io, nella mia cartella! È uno scherzo di pessimo gusto o un errore casuale? Mi toccherà aprire e dare un'occhiata. Mmmm... un file audio pesantuccio, molti byte... Doppio clic, apri: una voce che conoscevo fin troppo bene è rimbombata in stereofonia: «Ehi, tu, piantala, capito? Se continui a rovistare nell'omicidio farai la stessa fine! E sarebbe un vero peccato che il tuo splendido taglio di capelli si rovinasse. Tra l'altro secondo me il rosso non ti dona granché...».

E poi la risata di Richard, quella risata tanto perfida e stridula quanto la sua voce era profonda e vellutata…

Ho mollato il mouse come se mi avesse morso, mi sono coperta le orecchie con le mani e ho urlato, e poi sono corsa fuori dallo studio fregandomene del fatto che il computer fosse rimasto acceso. Stringendo i denti mi sono precipitata di sopra a prendere la borsa: non ne avevo nessuna voglia ma dovevo per forza recuperare le chiavi. Passando davanti al gabbiotto di vetro, mentre scendevo di nuovo giù, ho intravisto la sagoma massiccia di Haqvin: era solo un contorno nero in controluce, perché dietro aveva la lampada accesa. Ho urlato di nuovo e sono praticamente ruzzolata giù per le scale, afferrando la giacca e boccheggiando per lo choc. Accanto alla giacca, all'attaccapanni era appesa… era appesa… una mantella da pioggia bianca, tutta sporca di sangue…

/invio/

24. Dal gabbiotto di vetro – V

Il segreto di Nils non è più tale. Adesso che hanno fiutato sangue, i giornali non lasceranno raffreddare la pista. Dovrà dire tutto ai colleghi, il che probabilmente segnerà la fine della sua carriera, almeno qui da noi. Povero Nils! Era animato da buone intenzioni e secondo me in certi periodi ha operato grandi miglioramenti sia su se stesso che sulla stazione. Ma questa sua tendenza – lui stesso l'ha definita "menomazione" – viene purtroppo considerata scandalosa e riprovevole, per non dire ridicola. Eppure è del tutto innocua, anzi, mi spingerei a dire che per il benessere dei colleghi fosse molto più pericoloso Richard di quanto non sia Nils con il suo incontenibile desiderio di travestirsi da donna.

È incredibile che sia riuscito a tenere segreta questa cosa per tanto tempo. Forse sono io l'unico ad averlo conosciuto nelle vesti di Gunilla, una donna energica e dal carattere dominante, dotata dell'ammirevole capacità di affrontare i problemi con la grinta di un'insegnante severa. Nelle vesti di Nils Boström, station manager, è un uomo sfuggente e timoroso dei conflitti. In quelle di Gunilla l'ho sentito prendere il telefono e dirne quattro a burocrati, dirigenti dell'azienda radiotelevisiva, amministratori locali e altri potenti con grande autorevolezza e lingua affilata. Io stesso stavo per mettermi a sorridere quella volta che, arrivando al lavoro verso le sei del mattino, ho trovato Nils nel suo ufficio, truccatissimo, i piedi stretti negli stivali di vernice con il tacco alto appoggiati sulla scrivania e una parrucca giallo ottone decorata da grossi fermagli a strass un po' troppo calata sulla fronte. Con la voce in falsetto stava facendo una sfuriata – parlando a una segre-

teria telefonica – a uno dei vicedirettori del primo canale per la riduzione degli orari riservati alle trasmissioni locali. Ovviamente è rimasto malissimo di essere stato per così dire colto sul fatto, ma credo di essere riuscito a tranquillizzarlo del tutto. Non è davvero affar mio intervenire se qualcuno decide di giocare con la propria identità sessuale in modo del tutto innocuo.

Sentivo invece in maniera sempre più incalzante che forse sarebbe stato compito mio cercare di tamponare le ferite che Richard infliggeva all'animo dei miei collegi, il veleno che instillava nelle loro orecchie e che si faceva lentamente strada verso l'interno, in direzione del cuore. Le cattiverie che li facevano sentire sporchi, di quella sporcizia che non si riesce a strofinare via lavandosi. Ho visto Che uscire dalla doccia della sala riposo del seminterrato dopo esserci rimasta per ore. Piangeva in modo straziante ma non voleva dire perché, solo che lei e Richard avevano avuto un regolamento di conti che l'aveva fatta sentire sporca. Sento, anzi, so per certo che è stato lui a uccidere quella splendida ragazza eterea che aveva tanta fiducia nell'umanità. Dopo di lui non si è più fidata di nessuno e non ha più dato importanza al proprio aspetto. L'ho sentita…

LO ODIERÒ FINCHÉ VIVRÒ… MALEDETTO… BLEAH, SONO TUTTA SUDATA, MI SENTO APPICCICOSA… UMILIATA E SPORCA, COME SE FOSSI STATA VIOLENTATA NELL'ANIMA…

Faccio fatica a capire come Maria sia riuscita a sopportarlo per tutti questi anni. Il suo amore è resistente come il profondo sistema di radici di un vecchio albero e so che, quando le scappatelle di Richard sono diventate troppo umilianti, ha cercato di tirarsene fuori. Ma non c'è mai riuscita e a volte passa davanti al mio gabbiotto con il nome e il viso di lui scarabocchiati come graffiti su tutte le circonvoluzioni cerebrali.

RICHARDRICHARDRICHARDRICHARDRICHARD… OH RICHARD… "SIMILE A UN DIO MI SEMBRA QUELL'UOMO…".

…e io che ho vissuto la maggior parte della mia vita senza l'amore di qualcuno a volte mi pongo questa domanda: se potessi scegliere, sceglierei di amare così, o di essere amato così? Nel pri-

mo caso si tratta di un'ossessione schiavizzante, nel secondo l'amore può diventare una prigione per colui che ne è l'oggetto e che ci si aspetta lo accolga, oppure anche un dono senza valore, di cui non si cura. Forse era anche colpa di Maria se Richard si credeva simile a un dio...

Ma adesso qui in redazione sta succedendo una cosa che mi spaventa più di ogni altra, più di quel vortice nero che mi ha trascinato con sé qualche giorno fa, quando mi ero fermato a lavorare fino a tardi. (All'ospedale regionale l'hanno chiamata epilessia e sicuramente sui loro schermi e sull'elettroencefalogramma sembra tale).

La voce di Richard si aggira, randagia, per l'edificio.

Richard è *morto. Lui* è *morto, lo so e lo sento. Com'è possibile che la sua voce sia viva?*

L'altro ieri sono rimasto qui più a lungo del solito: tutto quello che è successo mi ha logorato al punto che sempre più spesso sono costretto a farmi ripulire dallo scroscio purificante delle note di Gluck e di Mozart, e così rimango indietro con le normali playlist.

Insomma, l'altro ieri mi sono fermato fino alle dieci. Di punto in bianco nell'edificio è risuonato un grido. Malla, la ragazzina alta, ha attraversato l'edificio di corsa, la bocca spalancata in un buco nero squadrato da cui usciva un lamento, una specie di guaito. Stava balbettando, in modo quasi allucinatorio:

...NO, TU NO, TACI, TACI, SEI MORTO! SEI MOOORTO! SPARISCI, SPARISCI, FACCIO QUELLO CHE VUOI SE SOLO TACI, SE RIDI DI NUOVO MUOIO...

È passata davanti al mio gabbiotto e l'ho sentita irrigidirsi di terrore: lo si vedeva addirittura dalla sua nuca magra, con quei capelli dal taglio irregolare.

Forse non sapeva che ero ancora qui. Probabilmente pensa che sia io a governare la voce incorporea che aleggia nell'edificio. Per una volta mi sono preso la libertà di uscire e chiamarla, anche se sentivo che voleva allontanarsi alla massima velocità possibile: «Malla! Scusami, ma devi dirmi cos'è successo! Forse io posso aiutarti!».

Lei ha finto di non sentire ed è corsa con gesti scoordinati e mal-

destri fino alla scrivania, ha afferrato la borsa e poi ha infilato la scala ed è uscita nella notte.

Indeciso, sono entrato nello studio uno, dove era seduta a lavorare. Il computer era ancora acceso e il suo messaggio bluastro campeggiava sullo schermo. Era un file audio. Io non sono affatto a mio agio con la gestione elettronica del sonoro: ascolto i miei dischi e le mie cassette, annoto qualche dato su un foglio, e poi comunico via internet le informazioni sui pezzi alla società d'intermediazione dei diritti d'autore, ma ormai non faccio più reportage e di conseguenza non devo montare nessun file audio. Però ho visto gli altri, e per far parlare un computer basta sapere quale tasto premere.

Devo risolvere questa situazione. Miei cari, adorati colleghi (per alcuni di voi non è un aggettivo esagerato), so che non resisterete ancora per molto. Tra poco sarete stritolati dalla pressione di questo orrendo omicidio. È la vendetta di Richard su tutti voi, questo fatto che prima o poi vi farete a pezzi a vicenda, vi getterete l'un l'altro in pasto ai lupi o permetterete alla polizia di scegliere, irreparabilmente, tra i vostri ranghi. E tutto questo con l'aiuto dei giornalisti. Richard era un poveretto, ma un poveretto furbo e ironico. Non era un tipo innocuo.

Accanto al computer davanti al quale era seduta Malla c'era una pagina fotocopiata senza troppa cura da un libro: Manuale rapido del tecnico del suono. *Ah, ecco.*

Quando era corsa via non aveva spento il computer, ancora collegato alla rete con la sua password. Ho cominciato a cercare cosa l'avesse tanto spaventata.

Ho premuto il tasto enter. Dai due altoparlanti ai lati del tavolo di regia è risuonata una voce.

Quella di Richard.

Una risata. La risata stridula e cattiva di Richard, interrotta solo da quell'asmatico colpetto di tosse che lo caratterizzava da sempre.

Il file audio si chiamava "La voce dall'aldilà". L'ho chiuso con dita sudate, tremanti.

Il vento è aumentato d'intensità. Fuori dalla mia finestra la neve danzava turbinando intorno ai lampioni, accumulandosi in spessi cordoni trasversali nei punti della strada dove era appena passato lo spazzaneve. Ho capito che tornare a casa sarebbe stato difficile.

Poi ho riportato lo sguardo sullo schermo del computer.

Il file audio "La voce dall'aldilà" era sparito.

Qualcuno aveva cancellato il documento, l'aveva eliminato dallo schermo nel giro dei pochi secondi in cui avevo distolto gli occhi per guardare fuori.

Qualcuno che non era presente nella stanza, ma in qualche altro punto dell'edificio. Eppure…

Non c'era più nessuno in sede, no? Non avevo più visto anima viva da quando Malla era corsa via.

Da un punto dietro il mio orecchio destro sono ricominciati gli sgretolii e gli stritolii. Ho spento la luce nello studio e sono tornato nell'ingresso.

Quando ho visto la mantella insanguinata, il frastuono mi è esploso nella testa.

25. I morti non guidano le auto

Dal diario di Malla, domenica 19 febbraio, quasi due settimane dopo l'omicidio

Il giorno dopo sono andata dritta da Munter Felicia e le ho detto che Richard non tiene la bocca chiusa neanche da morto. L'ho cercata alla stazione di polizia ed è filato tutto liscio. E dire che normalmente ho la fobia di quei posti. Mi convinco che mi arresteranno anche se sono in coda ad aspettare pazientemente che mi diano il passaporto nuovo. Però devo dire che questa signora arcigna e dai modi spicci mi ha ispirato fiducia. Diciamo che si è slacciata il primo bottone della divisa in mia presenza. Quando le ho detto della mantella non ha battuto ciglio, limitandosi a prendere appunti e a fare domande di merito. «Mi… mi crede?» ho chiesto. «No, perché capisco benissimo che questa storia possa sembrare sconclusionata…».

«Guardi, io ho tre figli, credo a qualsiasi cosa» ha sorriso. Sì, ha quasi sorriso, o comunque il labbro superiore si è increspato, ma potrebbe essere stato uno scherzo della luce. E poi ha detto che Haqvin aveva «confermato le informazioni in oggetto». Aveva anche preso nota del fatto che il documento con la voce di Richard era stato cancellato da qualcuno presente nell'edificio mentre lui era lì. Però non si era fermato per verificare chi fosse. Dunque anche Haqvin ha qualche tratto umano, in fin dei conti.

La polizia si è informata fin da mercoledì mattina sulle routine in vigore nella stazione e su chi avrebbe avuto la possibilità e le competenze necessarie a cancellare un file in quel modo. Sospirando, MaMa ha esaminato fino all'ultimo file audio sul server senza trovare nessuna "voce". E le competenze... be', quelle le abbiamo tutti, in pratica.

«O almeno dovreste averle, considerando i costosi corsi d'informatica che vi sono stati pagati» ha detto Nisse amaramente alla riunione mattutina, durante la quale ha riferito gli ultimi sviluppi. Si era dimenticato di comprare la sfoglia danese, il che è indice di quanto siano sconvolti gli equilibri della stazione. E nessuno se ne è lamentato!

Venerdì è arrivato qui Jonas, in pullman, anche se per farlo ha rinunciato a una missione a Stoccolma con aereo e albergo con colazione a buffet, tutto pagato. Non dico altro! O la nostra è un'amicizia degna di Red e Toby, oppure ha cominciato anche lui a chiedersi come mai siamo rimasti castamente seduti su quel letto, notte dopo notte, a girare i pollici. Speriamo che sia vera la seconda ipotesi...

Abbiamo rianimato la mia vecchia Audi a forza di calci e siamo andati da MaMa. Ci ha offerto il tè in tazze inglesi e del pane tostato con la marmellata di mele cotogne fatta in casa. Eravamo nella stanza di Richard al piano terra. MaMa ha apparecchiato decisa il tavolino da salotto.

«Devo stare qui in camera sua» ha detto. «Altrimenti, se rimango nella nostra, al piano di sopra, ho costantemente la sensazione che lui sia quaggiù. E nel letto matrimoniale devo dormire dalla sua parte, perché svegliandomi non la voglio vedere vuota...».

Le ho chiesto se guidava anche la Saab per evitare di sentire la mancanza di Richard, ma evidentemente sotto quell'aspetto le cose funzionano all'inverso.

«Sai, a Richard non è mai andato a genio che la guidassi!» ha risposto. «Diceva che l'idea di prestare a qualcuno la sua macchina gli risultava estranea come quella di prestare sua moglie... Mi sentirei come se lui fosse seduto in cucina a tamburellare impaziente le dita sul tavolo in attesa delle chiavi dell'auto...

Ma sapete una cosa, ragazzi?». Di colpo si è fatta rosea e infervorata. «Potete usarla voi! Io preferisco andare in autobus, almeno finché il mio catorcio non si sgela!».

Ho respinto l'offerta con il massimo tatto possibile. Guidare la Saab di Richard, stringere il volante su cui erano state appoggiate quelle mani nervose e abbronzate? No di certo. Jonas però mi ha pestato un piede. Probabilmente ci avrebbe fatto volentieri un giro, su una macchina così. Mi è quasi venuto da ridere. Richard si sarebbe rivoltato nella tomba. Un pivellino di giornalista con i capelli da punk neri come il lucido da scarpe al volante della sua prestigiosa auto, tenuta come un gioiellino!

Abbiamo parlato un po' distrattamente della situazione delle indagini e ho avuto l'impressione che MaMa non avesse più la forza di rimuginare su chi potesse aver ucciso Richard, il che in effetti mi sembrava abbastanza logico, mentre ero in casa sua. Voglio dire: chiunque gli avesse tolto la vita, la sua assenza lì era palpabile.

Una cosa che ha detto, però, mi è rimasta impressa, anche perché dopo io e Jonas l'abbiamo esaminata da ogni angolatura. È stato quando ho parlato della "camera chiusa" con una sola via d'accesso.

«In senso stretto non è del tutto vero» ha detto. «Non è poi passato tanto tempo da quando Nils ha fatto murare la porta tra lo studio due e il Budello. E nel Budello si può entrare dallo studio uno. *Se* qualcuno, con qualche magia, fosse riuscito ad aprire la vecchia porta, sarebbe potuto scappare passando per il Budello e poi nello studio uno. Non l'avrebbe notato nessuno. Oppure fuggire dalla finestra del Loculo. Non credo che lì la polizia si sia presa la briga di cercare impronte!».

Io e Jonas ci siamo guardati. La porta murata: oggetto d'indagine numero uno per la serata!

Non ho avuto il coraggio di dirle della mantella insanguinata che qualcuno ha appeso di fianco alla mia giacca martedì sera, ma la storia della voce spettrale sul computer la conosceva: l'aveva cercata lei stessa sul server. Si è un po' rianimata quando ci siamo messi a parlare di quello che aveva visto la mattina dell'omicidio: Richard che parlava concitatamente al telefono e sembrava fare una sfuriata o litigare con qualcuno. Chi? E che cos'era il foglio in cui sembrava tanto immerso, che poi nello studio due non era mai stato ritrovato? E cosa aveva provocato il cambiamento degli ultimi giorni nel rapporto tra loro?

Con qualche esitazione, le ho presentato Jonas come il mio signor Omar, e lei ha sorriso, quasi con tenerezza.

«Così volete investigare ancora? Dove?» ha chiesto. Le abbiamo spiegato che gli avrei mostrato la sede per vedere se per caso sopra la sua testa si fosse accesa una lampadina, come succede sempre nei fumetti di Paperino quando ad Archimede Pitagorico viene un colpo di genio.

Al momento di uscire ho visto la Saab color argento di Richard parcheggiata dietro la casa. Era coperta da uno spesso strato di neve leggera e impalpabile, come capita che diventi quando la temperatura rimane sotto i meno quindici per un periodo di una certa lunghezza. Persino gli specchietti avevano un alto cappuccio bianco.

Ho fatto entrare Jonas nella sede di Radio Nordest e abbiamo percorso tutte le stanze fianco a fianco, un giro dopo l'altro. Siamo rimasti per un pezzo in piedi nel Budello, gli occhi fissi sulla parete in cui prima c'era la porta che conduceva nello studio due. Si vedeva chiaramente dove si trovava – l'avevano sigillata senza neanche togliere la maniglia – e il cuore ha cominciato a battermi forte nel petto: poteva essere così semplice? Ma quando siamo andati nell'ingresso ed entrati nello studio due ci siamo accorti che da quel lato non la si vedeva neanche. La parete era interamente ricoperta di materiale insonorizzante. Jonas ha bussato un po' a caso con le nocche e ci è sembrato di sentire che suonasse più vuota nel punto dove si trovava la porta, ma abbiamo dovuto rinunciare a quell'idea. Nessuno tira giù il materiale isolante per poi rimetterlo su dopo esserci passato, quando vuole uscire con discrezione da una stanza.

Sopra la nostra testa non si è accesa nessuna lampadina e alla fine ci siamo seduti in sala da pranzo con una tazza dell'orribile caffè del distributore automatico. (Ha un sapore che fa sospettare che sia fatto per metà di caffè e per l'altra di decalcificante per l'apparecchio). Avevamo davanti la scaletta di punti critici che la polizia aveva preparato in vista della prima conferenza stampa.

«Adesso vediamo a chi può aver telefonato Richard la mattina quando è rimasto da solo nello studio due per quasi un'ora prima di cominciare a trasmettere! A quanto ne so non l'aveva mai fatto, quindi dev'essere stato importante e anche urgente, altrimenti avrebbe aspettato di finire la trasmissione!».

Sopra la testa di Jonas si è acceso un lumino da 15 watt.

«Non potresti procurarti l'elenco dei numeri verso i quali sono partite le telefonate da quassù, a quell'ora di mattina? Non possono essere state molte. Immagino che il vostro ufficio amministrativo abbia la distinta, no?».

«È una pista già fiutata dalla polizia. Le uniche telefonate partite da qui la mattina dell'omicidio sono state le mie a Kallax, alla polizia e alle redazioni dell'entroterra e quelle di Benke ai politici coinvolti nella questione della ciclabile. Ma sai cosa significa?».

«No...» rispose Jonas, l'espressione di un terrier fremente a cui qualcuno sta per gettare un legnetto.

«Significa che dallo studio due Richard ha chiamato qualcun altro nell'edificio. Le chiamate interne non vengono registrate».

«A-ha!». Il legnetto era stato gettato. Jonas stava rimbalzando sul posto. «Tira fuori quell'elenco!».

Ne avevo ancora una copia nel cassetto della scrivania. L'abbiamo lisciata con le mani e abbiamo cominciato a leggere.

«Ha fatto quella telefonata o quelle telefonate tra le sette e le sette e mezza, e in mezzo ha preso degli appunti!» ha esclamato Jonas, avvicinandosi ulteriormente a me per poter guardare il foglio. Perché il braccio non fosse d'impiccio lo ha appoggiato sullo schienale della mia sedia. Mi sono accorta che il mio respiro si faceva un po' irregolare.

«Può avere telefonato anche prima, solo che MaMa non era nel Budello e quindi non l'ha visto chiamare. Voglio dire, se ne ha fatte diverse» ho detto, sentendo che respiravo come un'asmatica.

«Diverse? Ma sappiamo che erano chiamate interne! A *chi* può aver telefonato, in fin dei conti?». Jonas si è avvicinato di nuovo. Ancora un po' e avrebbe aderito al mio fianco sinistro come un gemello siamese. La sua mano era appoggiata sul mio avambraccio e avevo l'impressione che dal contatto si sprigionassero delle scintille azzurre, tipo corto circuito. Mi sono schiarita la voce e ho gettato un'occhiata alla scaletta.

«Non ha chiamato me, e non penso proprio che abbia chiamato Prosit, svenuto nel seminterrato. Lì sotto non ci sono telefoni. Nisse Boss è arrivato solo alle sette e mezza. Kerstin non era nell'edificio, o almeno non abbiamo prove che ci fosse. Benke Hedning è stato al telefono tutto il tempo, nella stanza in cui mi trovavo anch'io, ma a meno che Richard volesse discutere della nuova ciclabile non era con lui che parlava. A questo punto restano Haqvin, Carina e Deiv. Ma perché avrebbe dovuto telefonare invece di andare semplicemente da loro proprio non lo capisco». Credo sia stato a questo punto che ho lasciato che il seno sinistro sfiorasse il braccio di Jonas. E mi sono accorta che anche lui aveva il respiro corto. Sembravamo due maratoneti attempati subito prima del traguardo.

In quel momento è squillato il telefono. A malincuore, mi sono sporta in avanti e ho preso il ricevitore. Era MaMa.

«Siete lì?» ha singhiozzato. «Scusate se vi disturbo, ma devo parlare con qualcuno. Da Che, Stig e Haqvin non rispondeva nessuno, e da Bengt e Nils è occupato. Così ho provato a vedere se c'era qualcuno in sede. È che ho appena scoperto che la macchina di Richard è stata rubata! Dev'essere successo subito dopo che siete andati via. Non c'è più! Devo chiamare la polizia?».

Jonas ha appoggiato la guancia alla mia, per sentire meglio… immagino. Ho cercato di tranquillizzarla, le ho detto che poteva chiamare subito la polizia e che avremmo tenuto gli occhi aperti per controllare se la vedevamo, e così via. Alla fine si è calmata e ha riattaccato.

Jonas aveva messo la mano sulla mia che stringeva il mouse e ha portato il cursore sulla mia cartella dei file audio. Era quasi vuota, dato che l'avevo ripulita da poco. Ma c'era un file intitolato "Apri subito!".

«E questo cos'è?» ha chiesto, con l'angolo della bocca che si muoveva contro la mia guancia.

Ho chiuso gli occhi e sospirato. In quel momento non me ne fregava proprio niente dei nostri giochi da detective. Ho fatto per girarmi verso di lui in modo che la mia bocca si trovasse alla stessa altezza della sua… quando lui ha cliccato aprendo il file.

La voce è rimbombata nella stanza.

"ADESSO È ORA CHE LA PIANTIATE! SE NON LA SMETTETE DI FICCARE IL NASO DAPPERTUTTO TORNO E VI PORTO VIA CON ME. IN UN POSTO FREDDO, MOLTO FREDDO!".

Io e Jonas ci siamo staccati di scatto, come se ci fossimo scottati, e ci siamo guardati pieni di terrore. Lungo la spina dorsale mi scorreva una goccia d'acqua ghiacciata. E poi si è sentita di nuovo la risata. Stridula, cattiva e con il sibilo asmatico alla fine.

«È lui?» ha sussurrato Jonas. Ho annuito.

Non c'è neanche venuto in mente di salvare il file su un dischetto. Sarebbe stata una cosa sensata, ma non ci abbiamo pensato: volevamo solo andare via di lì.

Quando siamo passati davanti alla finestra del Budello l'abbiamo vista: la Saab color argento di Richard, ripulita dalla neve e dal ghiaccio, era nel parcheggio.

26. La notte delle streghe

A: jonas.mansson@norrlands.folkblad.se
Da: malla.vilhelm@radionordest.sr.se

Oggi ho con me il portatile nella borsa: ho intenzione di scriverti qualcosa ogni tanto e poi spedirti il tutto con il modem di casa mia domani mattina. Sì, perché sono in servizio per tutta la notte.

Da che parte comincio, Jonas? Domenica, quando siamo andati a dare l'allarme alla povera Felicia, è stato tutto un casino! Non penso si sia divertita granché a dare la caccia al fantasma dell'opera avanti e indietro nella bufera di neve. E nel bel mezzo di tutto tu sei anche dovuto andare a prendere il pullman per tornare a casa. (Sì, hai fatto bene: sono sopravvissuta alla nottata senza problemi). E hai indovinato: quando io e Felicia Munter siamo tornate alla radio, naturalmente il file "Apri subito!" era sparito, e lei è diventata più Arcigna che mai. La Saab color argento era ancora nel parcheggio e Felicia ha borbottato distratta che l'avrebbe fatta ispezionare. E la cosa si è chiusa lì.

(Però, se vuoi saperlo... penso che potrei sentirmi molto agitata e impaurita, la notte, anche il prossimo fine settimana... se per caso ti venisse voglia di venire a proteggermi...).

Sam ha appena trasmesso l'ultimo notiziario regionale della giornata e Tom sta lavorando al cinquecentonovantanovesimo episodio della telenovela sulla ciclabile per quello di domani mattina. Io sono qui che stringo i denti all'idea del compito che mi aspetta, cioè passare una notte intera al reparto maternità dell'ospedale regionale. Benke vuole che il mio prossimo reportage sia sull'argomento.

«Voglio un bel po' di strilli» ha detto. «Vanno benissimo quelli dei neonati, ma soprattutto delle partorienti! Vedi di non stare troppo lontana con il microfono. E falle gemere in stereofonia! Voglio che il tutto assuma un po' i contorni di *Halloween, la notte delle streghe*, capisci? E vedi di infarcire il servizio di quegli "uno, due, tre, libera!" che urlano sempre in *E.R.* prima di piazzare sul petto alla gente quella specie di ferri da stiro!».

Non sai se metterti a ridere o addentargli un polpaccio. Mi chiedo perché sua moglie non gli abbia ancora afferrato il labbro inferiore per poi tirarglielo su fino a coprirgli la pelata! Come sarà sopravvissuta a tre parti con Benke al proprio fianco?

E va bene, mi sciropperò il reparto maternità. Se non altro, lì non c'è gente che soffre di malattie contagiose.

Ho cercato a tentoni nel mio scatolone qualche cassetta DAT usata per portarmene una manciata nella borsa del registratore. La notte si preannuncia lunga! Come al solito erano finite e all'ultimo momento mi sono ricordata di fare un salto giù in seminterrato dove so che si trova uno scatolone di riserva. Con un certo disagio ho notato che le mantelle per la pioggia erano ancora nel loro armadietto. Qualcuno di noi riuscirà mai a indossarne di nuovo una senza sentirsi agghiacciare? Sì, forse Deiv: un giorno o l'altro si metterà a giocare all'assassino con una mantella sporca di ketchup. Ci scommetto la testa che è stato lui a decapitare Richard! Non si può essere così ingenui, dev'essere una posa.

È abbastanza piacevole andarsene dalla redazione e ritrovarsi in un posto dove non ci sono risate spettrali che mi fanno uscire di senno per la paura.

Mentre mi passava davanti con Che, Maria mi ha rivolto un sorrisino pallido. Ho pensato malinconicamente che adesso non ha più nessuno che le sia veramente vicino. Niente Richard, niente figli, niente genitori o parenti stretti. Che lei e Kerstin stiano diventando amiche? Statisticamente forse non è molto frequente, tra la moglie e l'ex amante dello stesso uomo, ma una volta che le passioni sono smussate potrebbe anche essere una soluzione piacevole. Se non altro, hanno avuto qualcosa in comune. Magari tra un po' potrebbe entrare nel club anche Carina.

Bah, quante sciocchezze sto sparando! A dirla tutta penso di essere un po' agitata in vista di questa cosa del reparto maternità. Sam e Tom sono invidiosissimi, dicono che per loro l'unico modo per entrare in un posto del genere è brandire un microfono, mentre io con il tempo potrei ritrovarmici per motivi naturali. «A condizione che cambi parrucchiere e investi qualcosina in una crema idratante, dolcezza!» dice Tom.

«È un'in-giu-sti-zia!» sospira Sam. «Mi sa che per capire questo grande miracolo di cui tutti parlano io e Tom dovremo accontentarci di guardare le figure dei libri illustrati di Lennart Nilsson».

«È per questo che compensiamo con l'opera e l'arredamento d'interni...» ridacchia Tom. «E stasera manderemo giù controvoglia un po' di granchio gratinato e piangeremo sul parfait al punch!».

(In realtà di solito non sono così mollaccioni: avevano solo messo su quello show per farmi divertire. Sono entrambi giornalisti grintosi, del genere bulldog inglese: serra le mascelle su quello che hai addentato e non mollare la presa finché non sono costretti ad aprirtele con una leva di ferro! E per lo più si nutrono di hamburger).

Insomma, alla fine avevo pronta una borsa rigonfia contenente, oltre al registratore, anche microfono stereo, caricabatteria, accumulatori, cuffie, l'ultimo numero di *Agente segreto X9* (da Tom, nel caso il travaglio si rivelasse più lungo del previsto) e un sacchettino di caramelle Dumle.

Ciao, rieccomi da te! Ho collegato il portatile nel gabbiotto della caposala. Per fortuna qui al reparto maternità è una notte relativamente tranquilla. Più che altro sto cercando di rendermi invisibile perché ho appena fatto una figuraccia molto imbarazzante. Diverse partorienti sono sottoposte a monitoraggio per verificare le condizioni del bambino e l'andamento del travaglio. Da qui si può controllare a schermo il battito cardiaco dei piccoli. Poco fa uno dei feti aveva il singhiozzo e quindi il segnale lo registrava: io ho sbarrato gli occhi e ho tirato fuori i microfoni per poi avviarmi verso Il Grande Prodigio.

Quando sono arrivata in sala parto sono inciampata nei fili che per così dire entravano nella partoriente collegandosi all'utero.

Lei ha urlato dicendo che sembrava che volessi cavarle dalla pancia i visceri con un amo da pesca. Da quel momento non mi è più stato permesso di rimanere lì.

Mi hanno dirottato su una madre di cinque figli che è la tipa più ganza che abbia mai visto. Se ne sta distesa con un giallo in mano. Dice che solo quando è al reparto maternità ha il tempo di leggere un libro da cima a fondo. È per questo che ha tanti figli. Tra poco però le toccherà smettere di leggere romanzi: ha detto che di questi tempi, con la drastica riduzione dei giorni di ricovero per parto, sì e no si riesce a finire un racconto. Il massimo sarebbe che una saltasse giù dal lettino appena espulsa la placenta, si vestisse e andasse a casa in bicicletta con il piccolino in un sacchetto di plastica appeso al manubrio e il sangue che cola lungo le gambe...

A dirla tutta mi ha fatto venire una gran fifa.

L'unica cosa che sapevo dei parti, finora, era quello che avevo visto nei vecchi film svedesi sul mondo rurale di una volta, alla tv del pomeriggio. Puerpera con cerchi scuri sotto gli occhi distesa con la testa appoggiata a cuscino ricamato beve il cicchetto post partum a base di acquavite e pepe mentre accanto al fuoco la Vecchia Serva Fedele culla un pupo di cinque mesi e al piano di sotto il padre scava un solco nel tappeto a forza di andare avanti e indietro.

Mi è sembrato uno spunto valido per entrare nell'atmosfera del reparto e ho deciso di intervistare la pluripara a cinque stelle. Ho inserito una cassetta nel registratore e ho acceso il microfono. Come al solito l'ho fatto partire con il play, ma ho dimenticato di attivare anche il microfono stereo, che ha un tasto apposito.

Così ho finito per avviare la cassetta che ero andata a recuperare dallo scatolone nel seminterrato.

E mi è crollato addosso il mondo.

I primi secondi della cassetta erano vuoti.

Poi si sentiva la voce di Richard: «Mi fido di te, zuccherino! Lo sai cosa mi piace...».

Di nuovo qualche secondo di silenzio, e poi eccola tornare, quasi ridente: «Tu che dici? E magari, dopo, un dolcetto...».

E di colpo ho capito com'era andata tutta la storia. Ho salutato la pluripara a cinque stelle che a questo punto, ogni due minuti circa, si concedeva una leggera increspatura irritata delle sopracciglia, ma senza smettere di leggere. (L'increspatura indicava l'arrivo della contrazione). Poi me ne sono andata, con gli occhi brucianti per lo choc e per le lacrime che premevano per uscire. Dritta dall'Omicida.

27. "Il caso"

A: jonas.mansson@norrlands.folkblad.se
Da: malla.vilhelm@radionordest.sr.se

Che ne diresti di una lunga sciata sotto la bufera di neve, una serata al multisala del posto (due film d'azione, uno d'amore), la pizza più cara con "*proscutto*" crudo da Mario, o addirittura un giretto sul toro del Route 69?

Sto cercando di avvicinarmi per gradi al racconto di quanto segue.

Perché vedi, quando verrai qui non ci sarà più da fare nessun lavoro d'indagine. Sei il primo a saperlo, a parte i più diretti interessati, ma tra qualche ora si leggerà su tutte le locandine nelle edicole dell'intero paese. Il "caso" è "risolto". Sto cercando di calmarmi e al momento non mi viene in mente niente che possa calmarmi di più che scrivere a te. È tristemente semplice, con l'accento su "tristemente".

Dal reparto maternità ho preso un taxi per Backnäset, la zona residenziale in cui abitano Nisse e Benke. Con una voce che controllava a fatica, la moglie di Nils ha detto che si era fermato a dormire in città – che ci sia sotto qualcosa di losco? – ma Benke è salito sul taxi con me, la giacca del pigiama infilata in un paio di jeans. Poi siamo andati a Villa Madeleinero. Lungo la strada gli ho spiegato tutto.

Nonostante fossero quasi le quattro di notte, al piano terra dello scricchiolante castello di legno le luci erano accese. Benke ha bussato alla porta con un paio di colpi secchi che avevano un che di funesto, come se fosse il Tristo Mietitore in persona.

Non è successo niente.

Gli stivaloni di Richard erano ancora sotto il portico e i suoi guanti erano gettati sulla panca, irrigiditi dal gelo e coperti di neve.

La Saab color argento si trovava di nuovo al suo posto, davanti al garage sul retro della casa.

Abbiamo provato ad aprire la porta d'ingresso. All'inizio sembrava chiusa a chiave, ma poi abbiamo capito che era solo dura da spingere, o gonfia per il gelo. Siamo entrati e gli occhiali mi si sono appannati all'istante.

Benke mi ha aiutato con il giaccone e ha chiamato verso l'interno della casa: «Maria?».

Io mi sono asciugata le lenti con la manica della felpa e ho gettato un'occhiata verso il soggiorno, dove la luce era accesa.

MaMa era lì, avvolta in una vestaglia blu, accoccolata su una grande poltrona logora in pelle di bufalo. Stava fissando i tizzoni ancora ardenti nella stufa di maiolica e quando siamo entrati non ha neanche girato la testa. E Benke, che ho sempre considerato dotato del tatto e dell'empatia di un rullo compressore, ha preso una sedia che si trovava contro la parete, l'ha messa di fianco alla poltrona di MaMa e si è seduto a cavalcioni, tipo cowboy, appoggiando i gomiti allo schienale, senza dire una parola.

Dopo un po' le ha preso lentamente la mano. Lei l'ha lasciato fare, ma non ha distolto lo sguardo dai tizzoni. Le lacrime hanno cominciato a scenderle sulle guance, silenziose.

«Cosa devo dire?» ha detto. «Sei stata tu, vero, Malla, a capire tutto? Sei così sveglia e intelligente. L'ho pensato fin dall'inizio. Sarai una brava giornalista!».

Mi sono sentita soffocare dalle mie stesse emozioni contrastanti. Un'assassina che si complimenta, gentile e affabile, con la persona che l'ha smascherata!

«Io invece evidentemente non sono né l'uno né l'altro» ha detto Benke. «E quindi vorrei che mi spiegassi. Per quanto mi riguarda, potrei immaginare molte ottime ragioni per sbarazzarmi di Richard, ma sono sempre stato convinto che tu guardassi a lui in maniera del tutto acritica. Che lo amassi. Che il diavolo mi porti se non sono stato persino invidioso di lui!».

MaMa l'ha guardato sorpresa.

«Ma certo che lo amavo!» ha esclamato. «Come avrei potuto ucciderlo, altrimenti? E con un'accetta!».

La sua logica sembrava mutuata da un sogno. Non abbiamo detto niente, l'abbiamo lasciata parlare e basta.

«Voglio dire... non è mica così facile uccidere qualcuno! Né un essere umano, né un cane, e nemmeno un canarino. Ogni volta che devo tirare il collo alle mie galline lo trovo difficilissimo. E questo nonostante sia abituata a usare l'accetta, visto che abbiamo sempre avuto il riscaldamento a legna.

E da qualche parte ho letto che in guerra la cosa più difficile, almeno all'inizio, è convincere i soldati a cominciare a uccidere altri esseri umani. Dopo, quando sono semimpazziti di terrore e desiderio di vendetta, diventano sanguinari. Oppure quando possono uccidere a distanza, senza vedere la vittima, o anche se riescono ad autoconvincersi che i nemici sono esseri inferiori. L'ho sempre trovata una grossa debolezza, nei gialli. Persone "normali" che si uccidono a vicenda nei modi più ricercati, solo per mettere le mani su un'eredità o qualcosa del genere? Non ci credo! Ma se si ama profondamente e si viene traditi nel modo più umiliante, allora le emozioni si ribaltano e si odia con lo stesso slancio con cui si amava.

Eppure sono stata costretta a gridare a squarciagola, con tutta la mia forza, per trovare il coraggio di colpire Richard alla testa. Quella nuca così familiare, con i due vortici nei capelli. E quando poi l'ho trovato, di ritorno dalla Statoil, lo choc non è stato minore di quanto sarebbe stato se non avessi saputo nulla. Tutto l'amore è tornato indietro, come se mi avesse inondato riempiendo uno spazio vuoto. Sì. Ci vogliono sentimenti forti per uccidere.

Avevo deciso che dovevo scegliere tra la mia vita e quella di

Richard fin da venerdì. Pensate un po': quel giorno ho cercato di girare al largo dal gabbiotto di Haqvin, sono sempre stata convinta che sia in grado di sentire quello che proviamo e faccio in modo di evitarlo... E la ragione era quella che avete sicuramente indovinato, ma dietro c'era anche altro. Carina, certo, anche se lei era solo una di passaggio. Come lo sono state tutte le donne della sua vita, tranne me.

E perché io no? Perché tornava sempre? È passato molto tempo da quando m'illudevo che mi "amasse". Non credo che Richard fosse in grado di amare a quel modo. Non si prendeva mai la briga di interessarsi ai pensieri e ai progetti delle sue donne, alla loro vita interiore e ai loro sogni, o per lo meno non troppo a lungo. Naturalmente le donne lo eccitavano e con loro riusciva ad avere una relazione di tipo sessuale, e inoltre gli piaceva esserne attorniato e coccolato. Gli faceva comodo anche avere me come base: al momento di chiudere con una delle amanti di cui si era stancato poteva usare il pretesto di dover tornare dalla povera moglie che non riusciva a stare senza di lui...

E c'era anche un'altra cosa. Quando ci siamo conosciuti, Richard aveva solo una moto scassata e una montagna di debiti di studio. Io ero ricca, credo di poter dire. Grazie a me ha avuto una vita di agi. Ho anche fatto in modo che avesse libero accesso ai miei soldi, perché non si sentisse sminuito o insignificante. L'amore ha reso "nostro" tutto ciò che era mio».

«Maria...» ha cominciato Benke, ma lei ha sollevato una mano per zittirlo.

«Sono passati vent'anni da quando ci siamo sposati. Venti per trecentosessantacinque... Ogni giorno di questi anni mi sono chiesta quanto era alto il prezzo che ero disposta a pagare per potergli stare vicina. Per poterlo amare. Il prezzo di rinunciare ai figli, per esempio. All'inizio avevo dato per scontato che avremmo avuto una famiglia, come tutti gli altri, ma ci ha pensato lui a farmi abbandonare in fretta l'idea. Credo di aver capito come sarebbe andata una volta che il bambino dei vicini, che aveva dieci anni, ha rotto il vetro di una delle nostre finestre dando un calcio al pallone. Richard è impazzito, è corso fuori e l'ha minacciato con il fucile. Il bambino si è fatto la pipì addosso per la paura e il padre aveva intenzione di denunciare il fatto alla polizia, ma Richard ha liquidato l'episodio con una risata. "I bambini restringono i miei orizzonti" ha detto. "Non penserai mica di farti venire melense voglie da chioccia, vero, Maria?".

Non potevo farci niente se lo amavo. Mi sentivo al settimo cielo solo ad averlo vicino: è la migliore descrizione che riesco a dare. E a volte era un'emozione incredibile. A essere sincera mi dispiaceva per lui, perché non poteva viverla lui stesso... voglio dire, non che io desiderassi essere come lui, che in realtà era incapace di amare altro che la moto!

E i soldi. A Richard piacevano i soldi. Adorava poter entrare nel mobilificio più caro della città, ordinare una poltrona di pelle e pagare subito, in contanti. Avete visto la sua camera e quindi avrete capito che spendeva parecchio. E poi la moto. E i viaggi. Non potevo dirtelo, Malla, ma la maggior parte dei viaggi di cui hai visto le foto sugli album li ha fatti Richard da solo, oppure con un "amico". Do per scontato che si trattasse di un'amica. Poteva fare quello che voleva, tanto aveva libero accesso al conto. Fino a quando...

Fino a quando abbiamo cominciato a gestire le transazioni bancarie su Internet. In realtà io ero molto più abile di Richard in fatto di computer e lui ha commesso alcuni errori. Non aveva previsto che trovassi quel conto su cui aveva piazzato gran parte dei soldi che aveva prelevato negli anni dal nostro conto comune. È successo solo un paio di settimane fa ed è stato come precipitare in auto in un burrone. Ricordo ogni particolare di quello che è accaduto quel giorno. La vita non sarà mai più la stessa.

Erano diversi anni che mi preoccupavo della velocità con cui si squagliava l'eredità. Avevo sempre pensato ai miei soldi come a un pozzo inesauribile: quando serviva qualcosa bastava tirare fuori la carta di credito, anche se né io né Richard eravamo del genere "villona di lusso". E negli ultimi anni Richard mi stava addosso come un falco perché risparmiassi. Quel giorno ho capito perché.

Aveva sistematicamente trasferito quasi tutti i miei soldi, un biglietto da mille alla volta, in una banca diversa da quella di cui ci siamo sempre serviti. Non l'avrei mai scoperto se non avessi trovato per caso il foglietto con il suo codice bancario. E nello stesso istante in cui ho visto la somma depositata sul suo conto – che a questo punto superava di diversi multipli il saldo di quello che avevamo in comune – ho capito che aveva intenzione di lasciarmi e farsi una nuova vita. E io sarei rimasta sola.

Senza famiglia, senza figli, e probabilmente senza casa, visto che non avrei potuto permettermi di mantenerla. Non avrei neanche avuto degli amici degni di questo nome, dato che per lo più me ne sono stata a casa o nei dintorni, ad aspettare Richard.

E l'avrei perso! Era l'unica cosa che avesse importanza. È stato brutto scoprire la sua storia con Carina, così perfida e trionfante. E lei l'avrebbe avuto per sé, almeno per un periodo. Non ho resistito a quell'idea, e sapevo che non sarei mai riuscita a sbattergliela in faccia.

Così, ho deciso di ucciderlo. In fretta, voilà, in un batter d'occhio ho capito che era l'unica cosa che potessi fare se non volevo ritrovarmi sola, in pensione anticipata a causa della depressione, in un brutto monolocale di un casermone in periferia pagato dall'assistenza sociale. La mia vita o la sua. Non avevo niente da perdere: lui, l'avevo già perso.

Per un paio di giorni ho rimuginato al punto che stavo per impazzire. Certo, volevo evitare di essere scoperta, ma se l'avessi ucciso qui a casa non sarei mai riuscita a nasconderlo. Doveva succedere in un luogo dove si potesse sospettare di più persone. E qui, dalla mia anima nera è scaturito un sussurro: "Possibilmente Carina...".

E di colpo mi è venuto in aiuto Richard!

Erano settimane che girava mugolando motivetti tra sé e sé come se avesse in testa un segreto che lo rallegrava. Davo per scontato che si trattasse dei suoi progetti di una nuova vita, ma c'era anche altro.

Il sabato prima di morire mi ha detto che stava scrivendo un giallo e che aveva escogitato l'intrigo perfetto, con la camera chiusa e tutto! Si sarebbe intitolato *Omicidio in diretta* ed era ambientato in una radio.

Vi sembrerà assurdo, ma è stato Richard stesso a pianificare il suo omicidio! Mi ha offerto su un piatto d'argento tutta la storia, spiegandomi come si poteva operare una magia sugli orari e confondere la vista alla gente. E aveva pensato di sperimentare l'idea su di voi, i nostri colleghi, quel lunedì, mettendo in atto una prova per così dire su scala reale. Mi ha fatto promettere che l'avrei aiutato.

Dovevamo verificare se, con l'aiuto della tecnologia, ci si poteva fabbricare un alibi inattaccabile. Abbiamo pianificato il dialogo a due voci, anche se in realtà lui sarebbe già stato da un'altra parte. Stando sulla porta di uno studio e facendo partire e fermare con il telecomando una cassetta con le battute preregistrate, chi ascoltava avrebbe potuto giurare che stavo parlando con Richard, seduto nello studio. E una volta che fossi uscita, la scritta rossa sopra la porta sarebbe stata illuminata, segno inequivocabile che la stanza era occupata, e chi avrebbe potuto pensare che l'avessi accesa io prima di andare via? E così ho fatto, naturalmente! E per irritare Carina gli ho persino fatto dire delle cose carine e affettuose: a me, in modo che le sentisse! L'ho convinto, e lui ha accettato, naturalmente con un sorrisino canzonatorio».

«Ma non capisco...» ho mormorato. «La stanza non era vuota! Richard non era andato da un'altra parte, era lì, e morto! Quando ho trovato la cassetta con le sue battute preregistrate ho capito che doveva essere stato ucciso ben prima, quella stessa mattina. E a quell'ora non potevi essere stata che tu a farlo. Dato che sempre tu avevi messo in atto la messinscena in cui era vivo... Sei stata davvero lì in piedi a conversare così amabilmente con lui, mentre era a terra con la testa spaccata? Tu?».

Ho avuto un brivido, e lei l'ha visto. Ha annuito e si è nascosta il viso tra le mani. Bengt la osservava senza distogliere lo sguardo e non sono riuscita a interpretare l'espressione sul suo viso. Ammirazione?

MaMa ha ripreso a parlare.

«Siamo arrivati presto, insieme, sapendo che saremmo stati praticamente indisturbati fino alle sette. Richard ha dato un'occhiata veloce alla playlist di Haqvin per la giornata, perché doveva corrispondere. Poi, verso le sette meno un quarto, abbiamo cominciato a registrare "Nerocaffè". Secondo Richard mezz'oretta poteva bastare. L'idea – la sua idea – era che alle sette e mezza, quando il programma doveva cominciare, lui non sarebbe affatto entrato nello studio due, ma ci sarei andata io, avrei fatto partire la cassetta che avevamo appena inciso, e avrei messo in scena la commedia con le sue battute preregistrate, stando sulla porta, in modo che tutti voi foste pronti a giurare che quando era cominciato "Nerocaffè" lui si trovava lì dentro. Nel frattempo, invece, sarebbe andato a imboscarsi da qualche parte nel seminterrato fino all'inizio del notiziario delle otto. A quel punto poteva infilarsi di nuovo nello studio due e condurre la seconda parte della trasmissione in diretta. In questo modo, tutti quelli della stazione e i settantamila ascoltatori avrebbero potuto fornirgli un alibi per l'arco di tempo tra le sette e mezza e le otto».

«Ma aspetta... perché...». Bengt si è grattato la testa.

«Per verificare se qualcuno avrebbe notato qualcosa, semplicemente, o se il plot per il giallo teneva.

Anche l'idea delle mantelle da pioggia era di Richard. Sì, eravamo addirittura andati in sede la sera prima per fare una prova generale! Tu eri lì, Malla, e mi hai fatto prendere un colpo! Non mi hai visto passare con una di quelle mantelle addosso? È stata un'idea di Richard. Non capisco perché volesse preparare anche quel dettaglio, visto che non era nelle sue intenzioni che la cosa finisse realmente nel sangue, ma evidentemente preferiva che il tutto fosse il più realistico possibile...

Dov'ero rimasta? Ah, sì, in pratica Richard è andato nello studio due per registrare mezz'ora del suo programma. C'era poco tempo, ogni secondo era prezioso: bisognava mettere su cassetta trenta minuti pieni di "Nerocaffè". L'unica presente nell'edificio eri tu, Malla, e la mattina presto non entri mai negli studi. Praticamente prima delle sette non ti stacchi dalla scrivania!

Alle sette meno dieci sono scesa nel seminterrato e mi sono messa una mantella. Può darsi che Stig mi abbia intravisto, in quel momento. Poi ho preso la nuova accetta che avevo comprato da Clas Ohlson a Stoccolma per staccare il collo alle galline. L'avevo nascosta nel seminterrato. Non ci sarebbe stato modo di rintracciarne la provenienza! Sono tornata al piano terra, ho attraversato l'ingresso, ho spalancato la porta dello studio e ho sollevato l'accetta. In quel momento veniva trasmesso un pezzo musicale e quindi gli ascoltatori non mi hanno sentito gridare. Un urlo di quelli che insegnano a fare ai soldati per autoincitarsi a uccidere!».

(L'urlo l'avevo sentito! "MaMa e il topolino della stazione").

«Lui ha avuto appena il tempo di alzare lo sguardo e dire: "Ma che cazz..." e a quel punto ho colpito, con un fendente ben calibrato. So prendere la mira e sono forte! Indossavo la mantella bianca, che mi sono tolta in bagno, per poi metterla in un sacchetto di plastica che dopo ho portato giù nel seminterrato.

Era tutto irreale, mi sembrava di girare un film, e naturalmente ho recitato dando il meglio di me. Come quando mi sono messa a parlare e ridere con te, Malla, su quanta fame avevamo io e Richard. Lui, là dentro, di fame non ne aveva più...

L'ho ucciso quando non erano ancora le sette, tre quarti d'ora prima dell'"omicidio" che tutti hanno sentito alla radio. Poi mi sono parcheggiata nel Budello in modo che non ci entrasse qualcun altro a cui magari sarebbe caduto l'occhio oltre il vetro che dà sullo studio due. Così lui è rimasto lì riverso a terra e nel frattempo sono arrivati al lavoro Carina e Deiv e Benke e Nisse e Haqvin, il che in parte non era previsto, dato che normalmente Deiv e Nisse non arrivano così presto, ma si vede che Deiv voleva tenere d'occhio Carina. Benke in genere non scende dal piano di sopra per tutta la prima ora di trasmissioni, e Haqvin non lo fa proprio mai. Io avevo calcolato che al momento del finto assassinio Carina sarebbe stata da sola nell'ingresso. In quel caso sarebbe automaticamente diventata l'unica possibile indiziata... Non è bello da parte mia, ma è chiaro, non ero normale. Le persone normali non uccidono, neanche quando sono costrette! E Carina non mi faceva pena: si era appropriata del mio uomo senza pensare minimamente al dolore che avrebbe causato. No!

E invece non è andata così! Bengt e Nils e David e Carina erano tutti e quattro nell'ingresso, e quindi sarebbe andata come sarebbe andata: io, in ogni caso, non sarei stata sospettata! Perché ho preso la cassetta con la registrazione che avevamo fatto prima delle sette, l'ho messa su e sono andata con te, Malla, alla Statoil! E quando sono tornata e ho trovato Richard il mio dolore era assolutamente autentico, piangevo al punto che quasi non sono riuscita a tirare fuori dai due registratori la cassetta con il suo programma e quella con le battute preregistrate! Sì, mi avete lasciata lì sola con Richard mentre telefonavate, proprio quei pochi secondi che servivano per cancellare le tracce. Sulla cassetta di backup è rimasto solo un breve fruscio. Non potevo permettere che qualcuno trovasse il nastro con la mezz'ora di "Nerocaffè" e quello con le nostre battute... solo che la cosa orribile è che quando sono arrivati quelli dell'ambulanza una delle due dev'essermi caduta da qualche parte, perché non l'ho più trovata! Posso solo sperare che sia rimasta in ospedale».

«No, non era là» ho mormorato. «Probabilmente è stato Deiv a vederla sul pavimento e a metterla subito nello scatolone delle cassette usate da riutilizzare. È stato lì che l'ho pescata io. Ma i medici non possono stabilire dalla temperatura corporea...».

«Pensi siano così precisi? Questo succede nei gialli!» ha detto MaMa. «Dopo tutto l'avevo ucciso solo tre quarti d'ora prima. E faceva un gran caldo, in sede, ci avevo fatto caso. Inoltre, settantamila ascoltatori non possono sbagliarsi...».

«Ti sei portata via anche i fogli su cui stava prendendo appunti, MaMa? E sai a chi ha telefonato, e con chi litigava?».

Ha sorriso, e per la prima volta in quella notte il suo sorriso è sembrato quasi autentico.

«Telefonato?» ha detto. «Fogli? Dopo le sette, quando io ero nel Budello, non ha preso appunti né fatto chiamate. Per la semplice ragione che era già morto».

«Ma…».

«Cara Malla! Ti ricordi chi ha parlato – sia a te che alla polizia – delle telefonate e dei fogli?».

«Sei stata… tu».

«Esatto. E per quanto trovi tristissimo che tu abbia dovuto vivere sulla tua pelle questa brutta storia, Malla, forse potrà servirti a credere solamente a quello che vedi con i tuoi occhi, il che non è male, quando si è giornalisti. Naturalmente quelle cose me le sono inventate solo per rimescolare le carte. Come un prestigiatore che agita una mano nell'aria e la fissa: mentre il pubblico segue il suo sguardo, lui con l'altra può fare quello che gli pare…».

Per un po' è sceso il silenzio.

«Ma perché…» ho cominciato io, e nello stesso istante MaMa ha detto: «Certo ti sarai chiesta…».

Abbiamo sorriso entrambe.

«Sì» ha continuato MaMa. «Naturalmente ti chiedi, Malla, perché ho cercato di spaventarti con la registrazione della risata di Richard mettendo quei file audio nella tua cartella e così via. Me lo sono domandata anch'io, a dire il vero. Forse volevo essere scoperta, visto che praticamente ho fatto convergere l'attenzione sulla possibilità di manipolare la sua voce nonostante sia evidente che lui non c'è… I file audio li ho montati da un poliziesco da cui Richard aveva letto dei passi in trasmissione un paio d'anni fa. Kerstin li avrebbe riconosciuti. Ma l'*intenzione*, da parte mia, era di spaventarti, in modo che smettessi di scavare nella faccenda. Ti ho sentita parlare al telefono con il tuo amico, e sapevo che volevate smascherarmi. Avevo paura che, continuando a fare i curiosi, finiste per mettere nei pasticci anche qualcun altro dei nostri colleghi... Ecco, volevo spaventarti un po'. Quella mantella insanguinata... era solo uno dei miei cappelli di paglia rossi...».

«E la macchina di Richard?».

«Ero stata io a prenderla, naturalmente! È anche mia! Tra l'altro quando ho telefonato dicendo che era stata rubata mi trovavo in radio, nell'ufficio di Sia e Annika. Avevo seguito te e Jonas in città ed ero entrata di nascosto dal seminterrato, per togliere quell'ultimo file di Richard. E poi volevo tenervi d'occhio...».

Si è rimessa a piangere.

«Perdonami! Non avevo cattive intenzioni nei vostri confronti! Ma mi sembrava che ti avvicinassi sempre di più alla soluzione, sei così intelligente! Mi sono comportata da folle, correndo un rischio dopo l'altro. Poteva anche succedere che tu uscissi e mi vedessi! Oppure un vicino poteva notarmi mentre scendevo dalla macchina di Richard. Evidentemente non desideravo altro che tutte queste menzogne finissero!».

«Non essere così sicura che finirai dentro, Maria!» ha detto Benke. «È un casino assurdo, talmente pieno di forse e magari e coincidenze fortuite che non ci ho capito la metà! Vedrai che non potranno condannarti!».

«Ma io voglio essere condannata!» ha ribattuto lei tristemente. «Almeno voi sarete esenti da qualsiasi sospetto. E poi a Hinseberg... be', lì se non altro non sarò sola».

28. Dal gabbiotto di vetro – VI

Finalmente, finalmente i rumori della vecchia casa del mercante sono tornati sui binari consueti. Niente stridii né sgretolii di sassi, niente fischi che mi risuonano nella testa.

Maria ci ha raccontato tutto durante una riunione mattutina (con sfoglia danese!), i giornali ci hanno finalmente lasciato in pace e piano piano stiamo cercando di tornare al punto in cui eravamo due settimane fa. Abbiamo persino trovato un sostituto per Richard, un ciccione dalle guance rosee che somiglia un po' a un cane scodinzolante. È animato dalle migliori intenzioni e strattona il guinzaglio per poter uscire a fare reportage. L'esatto opposto di Richard.

Il segreto di Nils è stato dimenticato. Nessuno ha voglia di scavarci dentro. L'ha scampata all'ultimo momento e la cosa mi rallegra. Gli ho promesso che potrà venire a casa mia a truccarsi come gli pare, uscirò anche insieme a lui in città, se vuole! Così girerà voce che Haqvin Storfjell si è finalmente trovato una donna, ma chi sarà? Il risultato di un'inserzione? Una prostituta russa? La trovo un'idea divertente…

Il processo a Maria comincia il mese prossimo. Per il momento è ancora a piede libero. Al suo fianco ha Prosit in persona, il quale tiene tanto a esserle d'aiuto che non beve da settimane. Ieri li ho visti scendere in silenzio, mano nella mano, verso il fiume, immersi nella pallida luce invernale. Mi fa piacere per entrambi. Stamattina ho messo su per loro Eleanor Rigby. *E quando Maria non ha nelle immediate vicinanze Stig, di solito al suo fianco si vede Che. Hanno parlato di dividere un appartamento, quando Maria avrà finito di scontare la pena.*

La mia piccola Malla, che all'inizio non poteva sopportarmi, mi ha perdonato di non riuscire a inquadrarmi. Ieri è venuta qui ad ascoltare un po' di musica e io l'ho aiutata a scegliere un disco da regalare per il suo compleanno a quel tipo dinoccolato con gli occhiali spessi e squadrati, del genere che trovavo antiquato quando avevo vent'anni io. Ho scelto una nuova incisione del vecchio Je t'aime… moi non plus. *Penso che il ragazzo abbia bisogno di qualche corroborante sospiro francese per trovare il coraggio di togliersi gli occhiali e buttarsi con Malla, che invece è tutta infervorata… Quei due si trovano sicuramente bene insieme, ma è ancora troppo presto per dirlo: sono ancora morbidi e malleabili come il mastice per le finestre. Ci vorrà parecchio prima che si induriscano nel loro stampo. Come ho fatto io, qui nel mio gabbiotto di vetro. Ma mi ci trovo bene.*

Rimane solo un segreto, e finalmente mi sono deciso a non rivelarlo mai. Penso che ferirebbe Maria più di qualsiasi altro torto fattole da Richard.

Lui non stava scrivendo un giallo.

L'altro giorno, quando ho aperto il file audio di Malla con la sua risata, i suoi pensieri hanno preso a scorrere nella mia mente con la nitidezza di un filmato.

Grazie all'aiuto di Maria, Richard aveva pensato di costruirsi un ottimo alibi. Sì, perché intendeva ucciderla. Insieme avevano escogitato l'abile trucco della sua voce registrata e della conversazione a porta socchiusa con l'aiuto del telecomando. E mentre l'intera regione lo ascoltava in "diretta" aveva pensato di separarsi da lei nella maniera più definitiva che ci sia, nel seminterrato. L'avrebbe aspettata, strozzata e nascosta nel magazzino dietro la sala riposo, e poi sarebbe tornato nello studio. L'unico momento di rischio sarebbe stato rientrare dalla porta, ma chi avrebbe potuto mettere in dubbio che fosse semplicemente andato in bagno durante un pezzo musicale? Nessuno tiene sotto controllo con tanta attenzione l'altro, qui dentro.

Se Maria fosse morta, i suoi beni sarebbero passati interamente a lui: non si accontentava di averle già sottratto quasi tutto.

Non temeva neanche troppo di essere incastrato, perché se contro ogni previsione la polizia avesse capito la sua macchinazione avrebbe avuto pronta una via di fuga. Mi sono visto davanti una casetta con una terrazza ornata di buganvillea e oleandri bianchi.

E se Maria non l'avesse preceduto, ci sarebbe sicuramente riuscito.

Penso si possa dire che la vittima ha orchestrato l'omicidio di se stessa.

Indice

Scatti

* Francesca Lia Block, *Angeli pericolosi*
* Anna Stothard, *Isabel*
* Rebecca Godfrey, *La gonna strappata*
* Roman Dirge, *Lenore. Piccole ossa* (2ª ristampa)
* Roman Dirge, *Lenore. Piccole ossa crescono* (2ª ristampa)
* Christopher Moore, *Un lavoro sporco*
* Eileen Favorite, *Il bosco delle storie perdute*
* Katherine Dunn, *Carnival Love*
* Elizabeth Hand, *Non credere ai tuoi occhi*
* James Fogle, *Drugstore Cowboy*
* Christopher Barzak, *La voce segreta dei corvi*
* Francesca Lia Block, *Echo*
* Libba Bray, *Una grande e terribile bellezza*
* Robert Cormier, *Scomparire*
* Shelley Klein, *Tra di noi*
* Roman Dirge, *Lenore. Ossa e frattaglie* (1ª ristampa)
* Karen Russell, *Il collegio di Santa Lucia per giovinette allevate dai lupi*
* Libba Bray, *Angeli ribelli*
* Lise Myhre, *Nemi. Cuori borchiati*
* Lise Myhre, *Nemi. Amori metallici*
* Christopher Moore, *Il Vangelo secondo Biff*
* Shaun Tan, *L'approdo* (3ª ristampa)
* Donald Ray Pollock, *Knockemstiff*
* Inês Pedrosa, *Senza di te*
* Paul Torday, *L'irresistibile eredità di Wilberforce*
* Perihan Mağden, *In fuga*
* Rebecca Godfrey, *La ragazza che doveva morire*
* Sebastian Fitzek, *Il Ladro di anime* (3ª ristampa)
* Christopher Moore, *Suck!*
* Libba Bray, *La rivincita di Gemma*
* Warren Ellis, *Con tanta benzina in vena*
* Sven Regener, *I berlinesi*

- Christopher Moore, *Fool*
- Shaun Tan, *Oggetti smarriti* (1ª ristampa)
- Roman Dirge, *I mostri nel mio pancino*
- Herman Brusselmans, *Ex Drummer*
- Sebastian Fitzek, *Il bambino* (1ª ristampa)
- Mark Oliver Everett, *Rock, amore, morte, follia*
- Malinda Lo, *Ash*
- Paul Torday, *La ragazza del ritratto*
- Beate Teresa Hanika, *Cappuccetto Rosso deve piangere*
- Joshua Mohr, *Tutto quello che amo in questa vita al contrario*
- Francesca Lia Block, *Pretty Dead*
- Sebastian Fitzek, *Schegge* (1ª ristampa)
- Roman Dirge, *Lenore. Ossa e frattaglie a colori*
- Christopher Moore, *Sesso e lucertole a Melancholy Cove*
- Erik Raschke, *Il libro di Samuel*
- Pia de Jong, *Verso Nord*
- Eva Baronsky, *Il Signor Mozart si è svegliato*
- Marilù Oliva, *¡Tú la pagarás!*
- Dan Simmons, *Drood* (1ª ristampa)
- Alex Preston, *Questa città che sanguina* (1ª ristampa)
- Glenn Taylor, *La ballata di Trenchmouth*
- Robert Cormier, *Tenerezza*
- E.O. Wilson, *Anthill*
- Niklas Asker, *Il giorno in cui non ci incontrammo*
- Sebastian Fitzek, *La terapia*
- Shaun Tan, *The Rabbits*
- Inge Löhnig, *Silenzio bianco*
- Katarina Mazetti, *Il tizio della tomba accanto*
- Donatella Di Pietrantonio, *Mia madre è un fiume*
- Gianni Miraglia, *Muori Milano muori!*
- Paul Torday, *Vita avventurosa di Charlie Summers*
- Karen Russell, *Swamplandia!*
- Jojo Moyes, *L'ultima lettera d'amore*
- Christopher Moore, *Demoni. Istruzioni per l'uso*

* Bradford Morrow, *La rabdomante*
* Marilù Oliva, *Fuego*
* Donald Ray Pollock, *Le strade del male*
* Michel Rostain, *Il figlio*
* Katarina Mazetti, *Tomba di famiglia*
* Harold Cobert, *Un inverno con Baudelaire*
* Shaun Tan, *Il re degli uccelli*
* Shaun Tan, *Memorial*
* Majgull Axelsson, *Strega d'aprile*
* Pierpaolo Vettori, *Le sorelle Soffici*
* Dj Stalingrad, *Esodo*
* Paul Torday, *Pesca al salmone nello Yemen*
* Morgan Callan Rogers, *Un cuore rosso rubino in un freddo mare blu*
* Christopher Moore, *Sacré Bleu*
* Sacha Naspini, *Le nostre assenze*
* Gwendoline Riley, *Posizioni opposte*

Stampa
Puntoweb
Via Variante di Cancelliera snc, Ariccia (RM)
per conto di Lit Edizioni S.r.l.
Largo Giacomo Matteotti 1, Castel Gandolfo (RM)